U0744378

盛夏

Mid-summer

艾伟 著

浙江文艺出版社
Zhejiang Literature & Art Publishing House

盛夏

1

"我一直有一个幻想，每次站在立交桥上，看着桥下的车流，有一种跳下去的冲动。我希望自己变小，变成一粒尘埃，在这个世界上消失。"

每次喝多了酒，小晖都很伤感。以前和丁家明也是这样。不过那时，她不太提死亡这档子事。关于死亡的幻想却从少女时代就跟随着她。她经常幻想自己死于悬崖的纵身一跃，或有一天飞机失事，或突然上来一个劫匪而死于非命。

柯译予坐在宾馆房间的沙发上，听着小晖倾诉。他的身心感到无比宁静，他有一种像是来到一个新世界的幻觉，仿佛一切被擦亮了一样。这份安详在近几年的几任女友那里是未曾感受到的。今晚他和小晖是第一次单独待在房间里，但他什么也没做，她有点醉了，他不能乘人之危。他看着小晖，竟有一种和她已相濡以沫了很多年的感觉。他喜欢上小晖好久了。第一次见面是在朋友的一个私人会所。那天，她中途出去接了一个电话，回来时脸色苍白。柯译予问她，怎么了，出了什么事？她说，大叔，你经常打听女生的隐私吗？

柯译予非常耐心地倾听小晖的胡言乱语。小晖沉溺在往事里，显得有些神经质。不知怎么的，他心底因此涌出满腔的疼爱。她与众不同，和他近几年交往的女友都不一样。他喜欢这个依旧带着少女气质的女孩。

"他真是可怜，我很想离开他，但我怎么能够这样做呢。不过，他现在不理我了，每次我去看他，他都会骂我，说我只不过是同情他。我确实同情他……"

说到这儿，小晖哭了。柯译予知道小晖在讲什么。一个月前她就同他讲了男友的事。男友出了车祸，下身瘫掉了。至于是什么样的车祸，她一直不肯明讲。

无论如何这是悲剧。对此类悲剧，他总是非常敏感，仿佛牵扯到比同情心更深邃的部位。他完全能理解此刻小晖混乱的情感，心里面更疼惜小晖。他觉得此刻对小晖的情感不完全是男女之情，更多的是一种父亲般的情怀。他的年纪也可以做小晖的父亲了。

小晖似乎沉浸在某种愧疚之中，一直在嘤嘤地哭。他觉得应该安慰她。他有一种拥抱她的冲动，像一位父亲一样拥抱一下她。他这样做了。小晖突然停止了抽泣，一把推开柯译予，目光变得冷静而警觉，带着一种近乎讥讽的表情看着他。

"大叔，你别这样。"

　　小晖的目光让柯译予不舒服。不过，他宽容地拍了拍小晖的头。她留着短发，有点儿乱，使她看上去像个孩子。她这么细小。

2

丁家明坐着轮椅，在人行天桥上。

对丁家明来说，上天桥并不容易。天桥边有一个倾斜的自行车道，轮椅可在此道上去。几个路过的小朋友兴高采烈地把他推了上去。他阴沉的脸难得地笑了。总是这样，丁家明见到孩子就高兴。

阳光一清早就十分强烈。阳光撑满了整个世界，满眼都是明晃晃的光芒，街头的建筑仿佛被光融化了似的微微颤动，好像这会儿它们正浸泡在阳光之海中。连植物都被阳光浸透了似的，显得饱满肥厚，闪动着若有若无的光线。天空蓝得出奇。夏天以来，永城出现多年未见的蓝天白云，并且持续了近一个月了。据说同金融危机有关，很多工厂都停工了。

这会儿那个人在天桥下面，举着牌子，昂首站着。他的牌子上写着："申冤有理，此路不通。"丁家明知道这个人，他叫王培庆，身体消瘦，看起来没有任何重量，仿佛一阵风就可以把他吹走。不过他的目光十分坚定。目光从他深陷的眼眶中透射出来，显得偏执而狂热。一会儿车道全堵塞了。与人行天桥相连的四条道路排着长长的车队，喇叭声响彻云霄。

丁家明的手机显示，小晖就在解放北路的某辆车内，离自己越来越近了。

昨天晚上，小晖打了个电话给丁家明。电话那端声音嘈杂，小晖显然在某个饭局上。小晖的声音听起来有些亢奋，话说得颠三倒四，显然喝多了酒，在醉酒状态。

"丁家明，你不爱我是不是？那好，我和别人睡去了，你以为我不敢？有位大叔早就喜欢上我了，一直在勾引我。大叔，对不对？大叔，你是不是很想和我上床？丁家明，其实我知道你爱我，是不是？你为什么不承认？为什么？"

丁家明没说一句话，掐断了电话。

这一夜，丁家明一直在追踪小晖。

丁家明没伤以前在警校学的是无线跟踪技术，跟踪手机只是其中的一小部分。这技术本身不复杂，现在的智能机都具备这项功能，只要自己编个软件，把对方的手机号输入，就可以准确定位其位置了。

丁家明偶尔会玩这个游戏。他随意输入某个陌生人的号码，然后偷偷跟踪那个人。他会在很短时间内判断出此人的性别、年龄、爱好、习惯以及职业。

他知道自己这么做是越界了，越入了人心的黑暗之所。手机联结着人不敢明示的私念。他常常有一种打开潘多拉盒子的感觉。不管他是谁，不管他平时多么道貌岸然，有谁的私生活能经得起严格的检测的?

不过他从来不追踪熟人。然而昨天晚上，他还是忍不住输入了小晖的号码。他很清楚，等着他的将是一个深渊。他看到小晖的手机一动不动停在某个点上。他查到了那位置，是某家酒店。他真的掉在深渊里了。整整一夜，小晖都在那家酒店里。

丁家明一夜未眠。

中山路和解放路像一个巨大的停车场，从天桥望去，拥堵的车辆望不到头。阳光照在无数的车辆上，千万个车窗都反射出刺眼的光线，仿佛整条街都镶满了镜子。这时，警察突然从车阵的缝隙中冲到天桥下。丁家明看到他的父亲丁成来也在其中，冲在最前面。

那个叫王培庆的人一动不动，面对潮水一般的表达抗议及愤怒的喇叭声，入定了一般。有一个年轻的警察要揍王培庆，丁成来把那警察挡开了。丁成来抓住了王培庆的衣襟，把王培庆提了起来，穿过拥堵的车阵，塞进了一辆警车。一路上王培庆满怀仇恨地用脚踢丁成来。丁成来把身上王培庆留下的鞋印掸掉，钻进了警车。一会儿，车流缓缓启动，但十字路口四面的车辆都急于赶路，各不相让，交通又瘫痪了。一个交警开始站在路口一边呵斥一边指挥。

这时，丁家明看到，小晖的手机移开了那辆车，移向路边。

他向那边望去，小晖穿着白色短裙，上身是淡蓝色带帽 T 恤，站在路边朝立交桥方向张望了一下。丁家明不能确认小晖是不是看到了自己。

在无聊的时刻，丁家明跟踪那些陌生人的手机，总是能碰到很多无聊的人。他们的日常生活就是从家到单位再回家。这样的人只要跟踪三天，就可了解他全部的生活。他因此想，这样的生活一天就是一生，他只要活一天就可以了。当然，对丁家明来说，他也许活得比他们更悲哀。

他也碰到过一些奇怪的人。比如南塘街有一个家伙几乎从来不关手机，也从来不出门。他的手机整整一个月就停留在一个点上。丁家明对此人非常好奇，也很亲切。这个人像自己一样，竟足不出户。为什么这个人可以一个月不出门？他是一个艺术家吗，艺术家也不会如此与世隔绝啊？然而信息太少了，丁家明猜不出此人究竟是干什么的。他觉得对一个不出门的人来说，一间屋子相当于一个巨大的棺木。

死亡会偶尔诱惑丁家明，比如现在，看着梦境一般的蓝天和满世界的阳光，他很想往天桥下跳。不过他马上打消了这个念头。他对自己说：

"即使我纵身一跃，世界也不会改变一点点。"

3

他们把王培庆抓起来，关在审讯室。他们没有审问王培庆。他们了解这个人，但也不完全了解。这个人的行为在他们的想象之外。那桩官司同他毫无关系，他却投身其中，完全是瞎凑热闹。社会之大无奇不有，那些偏执的人有时候完全不可理喻，不可拿常人的逻辑去衡量他们。当警察的都明白这一点。

王培庆在审讯室里叫喊个不停：

"你们凭什么？凭什么抓我？你们把我抓起来又不审我，什么意思啊？不审你们放我走啊！"

王培庆的声音听上去简直歇斯底里。他们置若罔闻。好像那样的叫声原本就是他们日常生活中的一部分。

所长把丁成来叫了去。丁成来进去时，所长脸色漆黑，一见丁成来就破口大骂，当然不是骂丁成来。

"他妈的这事闹得，已经出了两条人命了，现在又半路杀出一个疯子。我就想不明白，老丁，你说，王培庆又不是受害者，他起什么哄啊。你说，他起什么哄啊？"

所长说完，冲着审讯室大吼一声：

"王培庆，你妈的给我闭嘴。"

那边安静了一下子。没过多久，王培庆见有人理他，异常兴奋，叫喊得更欢了。

丁成来一直站在所长前面，没表态。他是老公安了。他原本应该坐在所长的那位置上，也许更高。但打断了那个和自己老婆上床的杂技演员三根肋骨后，他就再也没有提升的机会了。面对比他年轻得多的所长，他或多或少有点儿矜持。

"局里刚来电话，有事情让所里配合一下。是柯译予的事，他们点名要你。"

丁成来一直黑着脸。他心里不高兴，实在不愿做这事儿。但他知道他最终还得去做。

窗外就是护城河。河两边的柳树在阳光的照射下呈现嫩黄色，就好像春天时刚刚长出的嫩芽。河水平静如镜，植物和建筑倒映其上。他看到小晖在对面的街上匆匆走过，面容忧戚。

丁成来喜欢这个小女孩。他记得儿子第一次带着小晖到家里来，这女孩一直在微笑着，好像这世界令她满心喜欢。那天，她还带了一只棕黄色的小猫来，是路上捡来的。"它一直跟着我，我让它回家，它却一直可怜巴巴地跟着我，我在路边摊上给它买了烤羊肉串，它也不吃，还是跟着我。它那么瘦，我猜是只流浪猫，我就把它带来了。"小晖对丁成来解释，"我一直喜欢猫，我就收养它吧。叔叔，你说是不是？"丁成来觉得儿子这次找对女朋友了。这女孩心善、喜庆，虽然看起来不太成熟，但懂礼貌。那天丁成来在厨房做菜的时候，她一边逗猫，一边帮着择菜，还不时满怀好奇地问丁成来抓流氓的故事，弄得丁成来涌出一种英雄般的感觉，话也特别多。

但是儿子出事了。美好的一切结束了。那以后，这个喜庆的女孩就变得忧郁了。他不知道儿子和小晖的关系现在如何。恐怕不会有结果了。刚出事那会儿，小晖来找过他，想和丁家明尽快结婚。这事后来没了下文。哪个姑娘还会愿意嫁给丁家明呢？

"你在听我说话吗？"所长见丁成来走神，问道。

"在听啊。"

"都听清楚了？"

丁成来抬头看了所长一眼。所长没有和他目光交集。

"老丁，你老婆去西班牙快三年了吧？什么时候回来啊？"

"你不提我都想不起她来了。"丁成来自嘲道。

"陈莘然也不探个亲啥的？三年都没回来一趟，你这日子过得。你们这样不是个办法，还不如离了。"

"习惯了。这样挺好。"

"去吧。"所长挥了挥手。

4

虽然车子开通了，但车速非常缓慢。刚才堵车时，也许是小晖坐在身边，柯译予倒挺安静的，这会儿，看到争先恐后抢道的车辆，他有一种莫名的烦躁。已经有一年多了，他经常会涌出无名之火。他觉得这世界太乱了，没有一个地方是讲秩序的、有规矩的，连法律他们都玩得随心所欲。他脑子里经常出现这样的想象，这世界的人已退化成最低端的菌类，只能生长在最腐烂最阴暗的角落里。当然他自己也是其中之一。他感到心里堵得慌，放松了领带，长长地吁了一口气。

他安慰自己慢慢来。他今天早上要和他代理的农药厂宿舍案的事主对谈，看来要迟到了。让他们等一会儿吧。他预见到那些事主同样会令他心烦。

还是想想小晖吧。想起刚才小晖远去的孤单的背影，他很为小晖目前的状况担忧。

朋友在湖西搞了个会所，时常请一些高朋贵友去他的会所玩乐。这几年柯译予在律师界名头响亮,自然也成了高朋之一。柯译予天生孤傲,喜欢独来独往,不喜欢太热闹的场合,所以也不常去。他觉得这种聚会毫无意义,还有点可笑,无非是一帮男人装出成功人士的样子,在一群来路不明的女人面前侃侃而谈。女人们一定花枝招展,你说一句,她们便花枝乱颤。

柯译予就是在那儿认识小晖的。

最初吸引柯译予的是小晖的眼睛。那眼睛让他想起一首诗:

> 从你的目光里,我看到了黑暗;
>
> 光之前的黑暗,
>
> 地下三千尺的黑暗,
>
> 封闭的心脏血液凝固的黑暗……

他不知道自己为何想起了这首诗,小晖的目光是黑暗的反面,那么明亮。就在那首诗里,还描述了"光芒深处的明亮"。小晖配得上这种"明亮"。这"明亮"击中了柯译予。

小晖在喝一瓶啤酒。她显得有些落落寡合,也不知道是谁带她过来的,那天她几乎是形单影只。没人劝她喝酒,她自己灌自己,没一会儿就喝下去三瓶。柯译予当时就意识到这个看上去单纯的女孩一定遇到了什么伤心事,这令他萌生一点点怜惜之情。很快有人注意到了小晖。他们开始和小晖喝酒,小晖也越喝越兴奋。后来满屋子都是小晖傻乎乎的笑声和没头没脑的话语:"我喝酒哪里厉害,我们家的小猫才厉害,我们家的小猫可以喝一斤白酒,喝完还在地上翻筋斗呢;你下次和我们家小猫喝?好啊,你一定喝趴下,到时候你和我们家小猫一起在地上爬……"柯译予一直在远处静静观察她,觉得这个女孩给他一种毛茸茸的感觉,就像一只刚刚出壳的小鸡仔,有一种想要抚摸一下的愿望。

后来,女孩消失了。柯译予猜想可能上厕所去了。女孩好久没回来。柯译予竟有些担心,就跑去洗手间看。小晖正在狭小的洗手间过道上抚着肚子呕吐,不知是因为悲伤还是呕吐的缘故,她的眼中挂着泪水。柯译予走近她,问她需不需要帮忙。她使劲地挥手,让柯译予走,她指了指吐出的秽物,说,很恶心,你快走吧。柯译予没走,一直待在一边。等小晖缓过劲来,柯译予说,你还是回去吧,我送你回家。

当时柯译予敏锐地捕捉到小晖脸上浮现的一丝讥讽。"大叔,你是不是想勾引我?"柯译予有一种受辱般的恼怒,恶狠狠地说:"你以为你是仙女,人见人爱?"柯译予一把把她拉住,塞进自己的车里。

就是在那以后,柯译予和小晖有了交往。她说了她和男友的事后,他明白了她如此悲伤的原因。这悲伤打动了他。也许真是这种悲伤让小晖在他的脑子里挥之不去。

车流比刚才畅通了一点。在快到律师事务所时,柯译予打算给小晖打个电话。电话通了,但小晖没接。

5

　　小晖看到立交桥上的丁家明了。柯译予的车被堵塞在人行天桥边时，小晖老远就看见丁家明在桥上。她心紧缩了一下。小晖打开车门，跳下车，从一望无际的车阵里钻了出去，来到马路边。

　　小晖决定先回一趟宿舍，好好洗一个澡。

　　她不知道丁家明为何在那儿。丁家明已差不多有半年没出门了。每次小晖去看他，总是看到一张过于苍白的冰冷的脸，仿佛一棵背着阳光生长的植物，她都担心有一天这张脸会在阳光下突然枯萎。她去看他时，他经常一言不发。她开始还对他说几句，后来也只好沉默以对。沉默给她一种时光停止的感觉，只有在她看到窗口投射到地板上的阳光一寸一寸收缩时，才感到时光在缓慢流逝。她清楚他心里的想法，他认为配不上她了，他不再希望她来看他。

　　刚才他看见了她吗？他是在那儿等她吗？她记得昨晚打电话给他了，威胁要和一个男人走。要是他看到她从一个男人的车里钻出来，他会感到伤心吗？

丁家明受伤的那个晚上，有过几个小时的失忆。丁家明被撞后，小晖打电话给丁成来，丁成来迅速赶来，叫了一辆救护车，把丁家明送进第二人民医院。丁家明一直醒着，目光却不在此刻，而是在遥远的地方漫游。他父亲一直在叫他，他没有任何回应。他已认不出自己的父亲了。他偶尔会认得小晖。

"小晖，我怎么了？"

"你出了点事，你现在在医院，你没事的，你不要紧张啊。"小晖强忍着泪水安慰他。

其实小晖无比紧张，浑身都在颤抖。

"家明，你没事，别担心。"丁成来在一旁劝慰。

"你是谁啊？小晖，他是谁？"

那一刻，小晖默默看着躺在担架上的丁家明，心里面充满了感动。她是他失忆时唯一认得的人。这个男人真的把她装在了心里。她当时在心里发誓，不管丁家明能不能治好，她都不离开他。

可是，当丁家明恢复记忆并知道自己将永远站不起来后，他的目光迅速变得寒冷，他几乎不再看小晖一眼，好像他这辈子从来没有认识过她。小晖因此非常难过。

小晖进家门的时候，那只棕黄色的猫迅速扑到她身上，紧张而亲热地叫了几声。它大概在担心她昨晚彻夜未归。这只猫已跟了她两年多，在她伤心的时候，她会向它倾诉一切。它总是坐在小晖面前，默默地注视着小晖，好像它真能听懂她的话。

宿舍里早已没了丁家明的痕迹。过去每天回家，她总要习惯性地吸一口气，闻到的都是丁家明的气味。丁家明身上有一股淡淡的青草气息，很好闻。她告诉过他，做爱后，他呼出的气息像水牛一样。

小晖进屋不久，柯译予来了电话。铃声一阵紧似一阵地在响。她没接。对方终于失去耐心，掐断了电话。

她进了洗澡间。热水从莲蓬头上洒下来，包裹了她，她顿时感到软弱。一种深埋在身体里的挫败感被热水唤醒了。她觉得自己已越出正常生活之外。

近来，她已喝醉过多次。昨晚她酒醒后，发现在宾馆里，想要回家去。但那时已过凌晨四点，柯译予说，你怕什么呢？你喝醉了我都没乘人之危。你要是累了，你再睡一会儿，我在沙发上休息一下；你要是不累，想聊天的话，我陪你。

那一刻，她对柯译予蛮有好感的。这一个多月来的交往，她时有迷惑。他确实也不能算是坏人。她问柯译予，我是不是个坏女人？柯译予温和地摇摇头。后来柯译予拥抱她，说实在的，她虽然心里面拒斥这个男人，可还是有点喜欢他的拥抱。自从丁家明出事以来，她感到孤单。她渴望一个温暖的怀抱。

她听到放在浴室外的手机又响了下。她赤身裸体出去看了一下。是柯译予发来的短信。

"小晖，你都好吗？"

她需要安静，决定暂时不回柯译予。

6

从盛夏的阳光下进入楼道，眼睛有点不适应，只觉楼道一片昏暗。一会儿才恢复正常。电梯口的楼道有点乱，有人在拐角处放着一辆电瓶车和一辆自行车。

丁家明进入了电梯。电梯好久一动不动。他这才意识到因为走神，没按楼层。他按了下三楼。电梯震动了一下，起动了，缓缓上升。

此刻，丁家明的心情十分糟糕。小晖终于和别的男人上床了，并且还示威似的告诉他。出事以来，他一直在努力把小晖忘掉，可他究竟是放不下小晖的。现在好了，一切结束了。"这也不正是你想要的吗？你应该可以料到有这一天的。"他仿佛在对另一个自己说，"你为什么还要这么在乎，这么痛苦呢？"

进了家门。他倒了一杯开水，大口大口地喝了下去。他呛着了，咳了起来。水喷了一地。他咳得眼泪涟涟。平静下来后，他对着镜子，发现眼睛红红的。他擦了一把脸。

人最大的悲哀莫过于自寻烦恼。昨晚以来他的痛苦都是自找的。他的目光停留在那跟踪软件上，过了好一会儿，他按下删除键。他决定从此后不再玩这个游戏。

和小晖认识是因为林远。林远有一天带着小晖来找他。"网络公司的，可厉害了，网上什么东西她都能找到。"林远这样介绍小晖。那天小晖穿了一件吊带衫，下身穿着一条肥大的裙裤，一直在微笑。丁家明注意到她的眼睛，眼中的光影像水波一样变幻出满心的欢喜来，好像这世上的事物到了她那儿就转化为了喜悦。那天小晖挽住林远问丁家明他俩般不般配，还没等丁家明回答，小晖又挽住丁家明，问林远她和丁家明配不配，弄得丁家明当即就脸红了。当时丁家明觉得小晖很孩子气，可能也有点儿随便。

林远告诉过丁家明，他喜欢小晖。丁家明觉得小晖和林远蛮般配的。虽然丁家明心里面对小晖也有好感，但作为林远的发小，他最初对小晖没有任何想法，甚至尽量不和小晖多接触。他们三个人在一起玩的时候，丁家明跟小晖也总是保持距离。

倒是小晖对丁家明偶有亲昵举动。在小晖和丁家明单独相处时，小晖会一下子安静下来，用很成熟的语气谈一些事，有时候还会讲她最近碰到的烦恼，诸如网络公司的人际关系。"很复杂的。"小晖说。或有某个傻瓜喜欢上了她，老送花到她单位。"整幢大楼的人知道了，都在笑话我，我气死了，不让他送他又不听。"在丁家明眼里，这些都不算烦恼，所以，只是微笑着倾听，从不劝慰她。久而久之他们的心里慢慢多出些东西来，有了默契感，一个眼神，或微微一笑，都能心领神会。

有一天，他们三人去附近的水库游泳。林远一碰到水就兴奋，再也舍不得从水里钻出来，一下午都泡在水里，好像他就是一条鱼，上岸会干涸而死。丁家明和小晖一会儿就游累了，两人坐在水库边的岩石上休息。这时，小晖说，最近烦死了。丁家明问，不会是和林远闹别扭吧？小晖很受伤地睁着大眼睛看了看丁家明，说，我和林远就是普通朋友，有什么别扭好闹的？丁家明低下了头，不再吭声。他的心里一下子被什么东西灌满了，很复杂，有感动，有甜蜜，还有一丝丝忧虑。他抬起头来，和小晖笑了一下，目光里有了深邃的东西。

小晖开心地笑了。她说，我烦的是我爸的事。我爸最近认识个女人，这女人很坏，都把我爸的钱骗光了。小晖的爸爸是剧团的乐师，在小晖的叙述里，她爸爸是个天真的傻瓜，喜欢女人，一见到女人就什么也搞不清了。不过，小晖似乎也没把烦恼放在心上。小晖最后说，我也随他折腾，只要他快活就好。说完就傻笑起来。

或许因为小晖谈了自己的父亲，或许因为刚才的"复杂"，那天丁家明同小晖说起了母亲的事。这事丁家明没同任何人说过，甚至林远也不知道。讲完这事后，丁家明或多或少有些伤感。小晖抚摸了一下他的头，目光里有很强烈的爱怜。"你妈妈叫什么名字？""陈莘然。""名字很好听。""嗯，比我的名字好听。""你妈现在在西班牙？""是的。""你妈妈很有风度吗？""还好吧。我不太欣赏。""我倒觉得你像你妈，你爸很朴实。"小晖曾远远地见过丁成来，是丁家明指给她看的。"我爸不好吗？""没有，我喜欢你爸。"就是那以后，他们的关系有了质变。

丁家明开始瞒着林远和小晖单独出去玩。他们喜欢骑自行车在永城的街巷转。一天黄昏，他们在巷子里穿行。小晖坐在后座，双手搂着丁家明的腰，偶尔她会把脸贴在丁家明的背上。傍晚的阳光从蜿蜒起伏的屋檐丛中穿入，斜刺在巷子里斑驳的老墙、阳台上的花朵上和他们的脸上，他们只觉眼前光斑闪耀。在接近巷子出口处，丁家明看到一个男孩突然倒下横躺在路上，他赶紧刹车。车子刚好滑到男孩身边。应该没撞到男孩，男孩却开始大叫着在地上打滚。男孩打滚的样子就像刚被推土机碾过的一枚泥鳅。这时，巷子里突然蹿出两个男人，其中一个一把揪住丁家明的前襟，要揍丁家明。丁家明意识到这是一个诈局。他完全被他们弄懵了，不知如何应对。这时，小晖冲到男人和丁家明中间，试图把那男人挤开，还用尽全力推那男人。丁家明说，小晖，你一边去，没你的事。小晖却像一只保护幼仔的母狮，护着丁家明。小晖喊道，你们想敲诈是不是？好啊，你们有本事报警啊。他爸爸是警察，就在那边，专抓你们这种人。你们敢不敢？那小孩听到小晖的话，也不打滚了，木然看着小晖。小晖回头对那男孩说，你没受伤对不对？你好好的为什么要害我们？你一个小孩也这么坏吗？小晖的叫喊引来了巷子里的居民。他们见男孩并没受伤，纷纷谴责那两个人。其中一个男人黑着脸来到小孩身边，给了小孩一个耳光，提着小孩走了。

他们走后，丁家明才定了神。他第一次感觉到小晖瘦小的身体里潜藏着的能量。小晖的身体里有一只魔盒，随时可让她变得强大。丁家明想起刚才面对两个男人时内心的恐惧，小晖的挺身而出既令他羞愧，也让他感动。

就是在那一天，他和小晖有了第一次。

那是在小晖的宿舍里。这宿舍是小晖租的，是中式旧屋，带一个小小的院子，院子里种满了诸如红箭蝎尾蕉、绿萝、桃金娘等各种热带植物。小晖说是原房东种的，她看房时对这些植物喜欢得不得了，当即决定租下。由于植物太蓬勃，挡住了室外的光线，小晖的房间显得幽静而清凉。

那天，开始时他俩只是躺在小晖的床上闲聊。因为刚才的刺激以及所获得的小小的胜利，他俩很放松，彼此开了些轻松的玩笑。"你刚才吓坏了吧？"小晖说。"才没呢。"丁家明嘴硬。"我都怕死了，真的。"小晖的目光里顿时有了惊恐。丁家明觉得小晖的眼睛确实很有表现力。他说："我看你很勇敢。"小晖的脸上露出得意的神情："我也没想到我这么厉害。"

这时，小晖话锋一转，问丁家明，丁家明，你谈过几次恋爱？丁家明没回答，反问道，你先说，你谈过几次？小晖的目光明亮起来，眼睛深处跳荡着调皮和得意。小晖说，你是在问我和多少男人上过床吧？说实在的我都记不清了，十个？二十个？总之数不过来。丁家明听了，突然感到委屈，一把抱住了小晖，恶狠狠地亲吻她。小晖热烈回应。两人气喘吁吁地纠缠在一起。

那天，丁家明满怀醋意和小晖做爱了。令他意外的是小晖竟然是第一次。事毕，小晖躺在那里微笑地看着他，她目光里的纯净令他感动。这之前他对小晖是有疑虑的，小晖这么可爱的女孩，平时说话也大胆，还有这样一个风流父亲，大概在这方面很有经验。小晖竟然如此纯洁。他有一种如获至宝的感觉，发誓这辈子一定要对她好。

他记得那天当他们做爱时，小晖捡来的那只猫一直在边上叫个不停。"它以为你在欺负我呢。"小晖笑着说。

一切都是过眼烟云，包括曾经的誓言。但那些时刻都是真实的，终生难忘。他现在已无能力对小晖好了。"你这样做是对的，现在你可以放下了。"他告诉自己。他感到自己的身体因为这个念头突然变得冷酷了，透出决绝的气概。

昨晚一夜未眠，这会儿真的有点困了。丁家明打算好好睡上一觉。他来到窗边，打算把窗帘拉上。窗外的光线近乎透明。窗帘拉上后，室内顿时幽暗。

可是丁家明怎么也睡不着，满脑子依旧是关于小晖的一切。为了分散自己的注意力，他打开音响，播放了一曲《丹尼男孩》。他把声音开到最大。即使如海莉·韦斯顿这样天使般的歌喉，对他也起不到一点镇定作用。随着歌声，他脑中浮现的依旧是关于小晖的一切，停也停不下来。他索性关掉了音响。

他听到门外有人在用钥匙开门。这会儿会是谁来呢？

7

柯译予回到明星律师事务所，助手已等着他了。柯译予说，这会儿车太堵，还是走着去吧，路也不远。

柯译予和助手一起朝西门街方向走。天气太热，在阳光下走了没一会儿，就出汗了。柯译予松了一下衬衫上的领带。助手在他的右边靠后一点的位置跟着他，皱着眉头，似乎有话要说，几次想开口又吞了下去。柯译予也懒得问。对农药厂的这个案子，他现在都厌烦了。

过了西门桥，柯译予老远就看见护城河边那些低矮的四层楼建筑。河边的杨柳枝倒挂着，触及水面的叶子已经泛黄或腐烂，长出一些毛茸茸的东西，就好像那柳枝已成了树的根系，正吸食着河水中的养分。那几幢农药厂的宿舍就在柳枝的背后。那是七十年代，或许更早建造的水泥建筑，外形简陋、生硬。每层楼的南边就是一个长长的走廊。到处都是居民们搭建的违章建筑。那座废弃的自来水塔在宿舍的南面高耸着，它的中间收紧，顶部向四周伸展开来，水塔看起来像一个正准备离开地面的不明飞行器。水塔的阴影投射到宿舍楼上，就好像荷马史诗中阿特拉斯的巨柱倒在那宿舍楼之上。宿舍楼附近布满了电线杆，电线杆上的电线显得杂乱无章，把天空切割成了网格状。

一会儿，他们就来到宿舍楼群中。原农药厂职工都聚集在两幢宿舍楼间的空地上，三五成群地在谈论着什么，情绪激昂。他们见柯译予和助手到来，就全围了过去。他们每个人都在争先恐后地说话。柯译予看到一张张扭曲的脸及一张一合的嘴巴。他不得要领。他让他们安静，派个代表慢慢说事。

柯译予一会就明白了，他们在关心王培庆的事。早上王培庆在街头抗议被抓了，现关在西门派出所里。他们正等着柯译予，想和柯译予商量这件事。他们想去西门派出所把王培庆救出来。柯译予狠狠地骂了一句娘。他这才知道早上堵车的事原来是王培庆搞出来的。这个人总是给他添乱。

柯译予狠狠地瞪了助手一眼，那眼神一看便知是在埋怨助手，仿佛在说："这么大的事你都不说？"

助手脸上有一种受冤枉的表情，好像在说："我刚才想告诉你来着，你每次都打断我。"

为了这个案子，柯译予想尽了各种各样的办法。他把这案子公布在了自己的微博上。现在的网络天然地同情弱者。他的帖子被转了十万余次。这对政府及法院形成相当大的压力。他起诉的策略却不是补偿问题，他声东击西，在宿舍火灾案究责上做文章。他仔细研究过这起发生在五月的火灾案，确实不是人为的，原因是那对夫妇偷电，接口短路，造成失火。那对夫妇在那场火灾中被烧死了。但没有人相信这一点，几乎所有人都认为这是一起阴谋，是他们试图通过此事威胁及强迫住户搬迁。火灾后，当事人们抬着尸体抗议过几天。柯译予也利用了这一点，声称要对相关部门进行诉讼，他列举了相关部门在消防及用电管理上存在的漏洞，要他们对火灾负责。这个策略应该说是成功的，在法院的协调下，和房产公司经过艰难的谈判，才谈妥了合理的价格。

但王培庆把这些当事人的胃口撑大了。现在他们反悔了。王培庆搅得他们失去了理性，他们要的价格已是原来的两倍。他们摆出的姿态是宁愿永远住在这破烂的宿舍里，不达目的，誓不搬迁。

柯译予今天就是来同他们谈判这事的。他要说服他们接受先前谈好的价格。这样对各方都好。僵持下去对他们来说更危险，有可能什么也得不着。

然而他们的兴趣不在这个议题上。他们关心的是王培庆，柯译予的提议被他们屡次打断。

"我们不能见死不救啊，他可是在帮我们。得先把人放出来。"

"柯律师，你别说这个了，都什么时候了，谈这个有意思吗？先放人。"

"是啊，鬼知道他是怎么在同他们谈的。我们都被卖了也说不定。"

最后那句话是从站在角落的一个妇女嘴里说出来的，虽然很轻，但柯译予听清楚了。他知道这不是她个人的意见，他们一定在背后这样议论过他。他们就是这样，有着一眼便能看清的狡黠、小心计和自以为是的聪明，并且时刻怀疑律师和被告方会串通一气。

柯译予安静地听着，但糟糕的情绪在身体里扩散，慢慢地转换成愤怒和沮丧。他真想揍这群愚蠢而固执的当事人。他想起曾经看过的一本叫《樊山政书》的书，是樊山做清末地方官时写的判牍简报，写到民间的各种各样的刁民。柯译予觉得眼下的这帮人简直就是刁民。

在做律师前，柯译予像所有知识分子一样，对诸如"民间""底层"这些词汇有一种莫名的亲近感，他有一个基本的判断，认为这个社会日渐稀缺的道义良知及善好品性还在民间和底层保存着。现在，他觉得自己原来的想法是多么幼稚可笑。现实的情形正好相反，他们的情感完全被仇恨灌满了。

然而每次他都无法拒绝他们的请求。只要他们找上门来，有时候甚至免费，他都愿意帮他们代理。他在心底里对他们抱有同情。他们总是让他想起自己的父亲。父亲还在农村，他有钱后给父亲造了一幢别墅式楼房。父亲即使住着这样的大房子，脸上依旧是那种寒酸的饱经磨难的谨小慎微的表情。每次看到父亲卑微的面孔，他都感到难受。

可是一旦看到他们如此不争气，他就生气，生自己的气。他心中充满了懊悔。"我这又是何苦呢？打这种官司又赚不了几个钱，况且他们也未必领情。"他对自己说。

看来今天是谈不下去了。在恶劣心情的作用下，他恶狠狠地威胁他们：

"喊喊口号是轻松的，你们要是冲击派出所，一定会被抓起来，那时候谁都救不了你们。牢里的滋味可不好受，你们自己看着办吧。"

他知道，他们其实也就趁着人多势众，咋呼咋呼，真刀真枪面前，不见得有什么胆量。

8

丁成来刚处理完所里的杂务，遵所长的吩咐去了局里。

局里联系丁成来的是他的老同学，当年两人一起进公安系统。打靶训练时，丁成来是神枪手，老同学却经常把子弹打到别的靶上，是个大笑料。当年丁成来经常开他的玩笑，现在人家已是副处长，架了看上去比局长还大。

到了局里，老同学一副忙碌的样子，一直在打电话。丁成来只好坐在沙发上等。老同学像是怕丁成来听到什么，打电话时只说"嗯""哦"之类。即便只是发出"嗯""哦"这样简单的音节，依旧可以听出其中的权威。有一刻，丁成来忽略老同学的形象，仔细辨识着他的声音。他听出老同学的声音里有一种和他瘦弱的身体完全不协调的粗壮，仿佛他的声音是由一个专业播音员发出。不过，他也在其声音中听到了黑暗的成分，好像那声音中有股看不见的力量会随时掐住你的软肋。那就是权力本身吧？权力总是黑暗的。丁成来本来想回避一下，又想，没什么好回避的，哪有那么多机密，或许在谈什么见不得人的私事呢。

电话无比漫长。丁成来被撂在一边时间太久了，他的脸不由得挂长了。他的神情仿佛在说："说是急事找，却让我等半个钟头，实在操蛋。"丁成来平时没事不喜欢来局里，衙门太大，让人不自在。

大约看到丁成来不悦，老同学给了他叠材料，让丁成来先去隔壁会议室研究一下。老同学的目光锐利，居高临下，意思是："就数你脾气臭，等一会儿怎么了？摆什么老资格！"

丁成拿着材料来到小会议室。

都是关于柯译予的各种档案材料，有柯译予的工作经历、代理过的案件、家庭状况、思想倾向等，甚至还附有病历。在首页上，附有一个报告，是关于柯译予各方面材料的一个总结，对农药厂案中柯译予扮演的角色及作为描述得尤其详尽。

报告中的一些细节引起了丁成来的兴趣。一处是关于柯译予的家庭情况。柯译予出生在乡村，母亲已亡故，父亲独自生活在老家。柯译予曾有过婚姻，育有一女。柯译予离异后与前妻及女儿鲜有往来。据说其女儿因柯抛弃前妻，怀恨颇深，和柯形同陌路人。报告还涉及柯译予离婚后的私生活，曾有几任女友，一度涉足娱乐场所。

另一处是关于柯的心理问题的：

柯译予经常去南塘街一应姓女子住所。应姓女子自称有通灵之术，亦深谙心理学，其门徒都称她为大师。有若干上层人物在她那儿获得精神安抚。据应姓女子说，柯译予有轻微的忧郁症，经常为一些事自责不已，病发时有深刻的无力感及自杀倾向，脾气反复无常。

应姓女子说，柯译予的忧郁症最初有可能和他女儿有关。柯译予在和前妻闹离婚时，因女儿站在母亲这一边，冲动之下曾说过一些极度伤害女儿的话。他为那些口不择言的话带给女儿一生的创伤而不能原谅自己。据应姓女子说，女儿经常出现在柯译予的梦里，用这些话来审判他。他的睡眠因此不好。为了减轻自己的负疚感，他替女儿存了一笔钱，并指定银行每月汇入女儿的账户。

看到这部分，丁成来颇为吃惊。他和柯译予打过交道。柯译予给他最深的印象是坦率，有些孩子气。不过，丁成来现在回想起来，柯译予的表情里确实有一些难以捉摸的东西。

半年前，柯译予不知从哪儿弄来上访者冯明泽横死街头的照片，贴到了自己的微博上，结果在网上闹得沸沸扬扬。人们像正义使者，加入讨伐的队伍，什么样的激愤之词都有。这些不顾事实的言辞让丁成来很生气。事实要复杂得多，可他们居然可以如此简化。因为丁成来出现在照片里，他被网友人肉，结果很多脏水都是泼向他。因此丁成来对柯译予的行为非常反感，决定找柯译予谈谈。

丁成来那次找柯译予不是以警察的身份。他只是想作为一个普通人向柯译予解释一下事情的原委，当然也要表达一下自己的不满。

那次丁成来是着便衣进去明星律师事务所找柯译予的。柯译予一下子认出了丁成来。丁成来发现柯译予还是有点慌张的，甚至本能地看了看门，好像准备随时夺路而逃。不过这也是人之常情，警察找上门来总是令人不安的。

柯译予一会儿就镇定了，他热情地把丁成来请入接待室，也不问什么事，先给丁成来泡了杯茶。当时丁成来正在怒气中，所以说话有点冲，口气是质问的。柯译予确实很聪明，他马上明白了丁成来的来意。他一边为不知道真相就轻率发言向丁成来道歉，一边拿出手机删掉了那条微博。

柯译予如此配合让丁成来一下子没了脾气。总不能揪住别人不放吧，这也太小鸡肚肠了。丁成来本想走人的，柯译予倒反过来劝慰起来：

"丁警官，网上的事不能认真的，都是娱乐。这么说吧，你也知道，如今这世道仇恨的人太多，网上更是如此，到处都是仇恨。理性的人、宽容的人实在太少，为吸引眼球，都太知道'喂养'那些满怀仇恨的人了，都知道怎样用猛料让他们爽，其实都知道这是很不负责任的。可是网络就是这样，理性一钱不值，不会引人注目。要受人注目你必须'挑战',要么来点儿性什么的,要么装疯卖傻,要么批评一下权力……其实都是游戏和生意。"

"你是说,你在网上贴这种不负责任的照片也是游戏,也是生意?"

"是的。你要说我投机也是对的。我这么做作为律师只是一个策略,一个案子只要关注的人多,在法庭上总会公正一点。我这么做当然有我的私心。现在网上很多人把我当个人物,我知道自己是什么,我什么也不是。"

柯译予的坦率还是让丁成来吃惊。他的声音里有一种迅速把人拉近的真挚。丁成来想,这个人是很容易被人原谅的,即使干了坏事也容易被原谅。

"但你这样做可能伤害到别人。"

"我真的不想伤害任何一个具体的人。我主观上是针对一个虚无的影子。所以,我要向你道歉。"

见丁成来不吭声,柯译予继续说:

"你别看我在微博上每天都这么高亢,你知道,一个人要老是这样是有问题的,等待他的一定是沮丧。说出来你都不会相信的,我情绪低落的时候,极度不喜欢自己,甚至觉得自己是伪君子……"

这话让丁成来愣了一下。他发现柯译予说这话时,目光陷入自我怀疑之中。丁成来当警察多年,对人心或多或少有所洞察,他知道话是可以骗人的,但目光骗不了人。他还发现柯译予说完这话时，声音突然出现自然的倦怠。这应该是他真实的心情流露，他对生活有厌倦感。丁成来断定柯译予说这话是真诚的。

那时候丁成来对网络上的事很陌生。关于网上的生态就是那一次被柯译予启蒙后才有所了解。那次谈话后，丁成来对柯译予印象不错，是个讲道理的人，懂礼貌，说话谨慎，很有条理，同时不乏感性，情感自然流露。

丁成来注意到柯译予没在微博上提及他们的这次会面。柯译予的分寸感还是蛮强的。那天，柯译予写了这么一条微博，算是这次谈话的纪念吧？

> 我总是被刹那降临的沮丧控制。谁也救不了我。
> 我等待下一次沮丧如期而至，直到沮丧成为生活的一部分。

老同学终于打完了电话，拿着一个黑皮本子，来到会议室。他进门时，一脸严肃，丁成来想起"重大"这个词，好像老同学正在处理的事情关系到党和国家的命运。

"有重要人物来永城考察，一些安全问题需要协调。让你久等了。"他解释道。

丁成来假装没听到，低头看档案。

"太忙了，没一点空闲时间，每天加班。不如你啊，老丁，在下面逍遥自在，多好。"

丁成来像打量陌生人一样打量着老同学，他没说出来的话是："太装了吧？鬼知道你晚上在哪儿乐呢。"

"材料看完了？"

"差不多吧。"

老同学啪地打开了黑皮本，翻到其中的一页。丁成来觉得这做派似曾相识，后来想起一部外国侦探片，心想，他真把自己当福尔摩斯呢。

"老丁，我长话短说，今天叫你来就是为柯译予的事。他的事报告上写得很清楚了。这事儿越闹越大的关键在这位律师，都是他在幕后策划。原本已谈好的事，现在他们又反悔，并且胃口越来越大了。这样闹下去没个完，大家都很头痛。今天发生的事真的过了，上午柯译予不但不收敛，还去宿舍那儿煽动群众，让他们到派出所去闹，救王培庆出来。对了，你回去早点把王培庆放了，免得再出现群体性事件。情况很清楚，王培庆不是问题所在，问题在柯译予。"

丁成来没吭声，静静地听着。老同学声音里透出的不容置疑的坚定令丁成来暗自吃惊。他这力量来自哪里呢？是从以前认识的那个人的身上长出来的吗？他很难把眼前这人和从前那个联系在一起，好像他们是完全不同的人。同时他感到奇怪，柯译予这么聪明的一个人，怎么会和王培庆搅和在一块呢？

"这事闹得这么大，总得找到妥善处理的办法。目前原农药厂职工被煽动起来了，退让的可能性相当小，所以要做柯译予的工作。这事儿派出所出面比较合适，我们出面的话太敏感了，找你来就是这个意思。你老公安，办事妥当，我们比较放心。这样吧，你找个机会和柯译予好好谈谈，晓以利害，最好的结果是姓柯的能自动放弃这案子的代理。"

丁成来没表态。他想，他们总是把难办的事交由下面做，自己做甩手掌柜，高兴了就瞎指挥一把。

一会儿，事情就交代完了。丁成来站起身，因为好多内容都没看，想把柯译予的档案材料带走。老同学却一本正经地说，这是保密资料，不宜扩散，看了就行了，不要带走了。丁成来像触电似的当即把材料放下，心里有些不爽："什么事都弄得神神道道的。"

丁成来回到派出所，问有没有人来闹过。都说没有。他没遵照老同学的指示把王培庆放了。他有点烦王培庆，决定暂时不放此人，多关他几小时，杀杀他的气焰。

9

丁成来家一直静悄悄的。他们以为屋里没人，本想撬门进去的，刚想动手，门就开了，露出一张阴郁脸，问他们有什么事。他们居高临下看这个坐在轮椅上的家伙。这人脸色苍白，透着比无的寂寞。这张脸吸引住了冯英杰和赵龙，在眼下这个浮华世间，他们很少看到如此寂寞的脸。他们猜想这人大概是丁成来的儿子。冯英杰不知怎么处理这个情况：逃当然没必要，即便他们心怀鬼胎，若是见到一个残疾人就跑，也太没出息了；进去也有点儿离谱，难道和眼前这个寂寞的家伙交朋友吗？

冯英杰和赵龙还是大摇大摆地进去了。

丁成来的家境看起来不算富裕。房子有点旧了，应该装修了快十年了，几乎没有风格，内饰显得粗陋而笨重。客厅里放着一只台式 24 英寸电视机。沙发和茶几都有长期使用后的人为破损：那暗红色沙发，经常坐的位置，其色泽明显比别处浅；那茶几边沿，个别地方油漆剥落。东边窗帘的金属钩子掉了一只。

不过总的来说，丁成来家虽然不讲究，还算干净。他们没见到任何女人的物品。难道丁成来没有老婆吗？

看来作为一个警察，丁成来还是相当廉洁的。冯英杰和赵龙是见过世面的，见识过种种黑暗交易。这世道哪个有权的人能捞时不捞点的？没想到丁成来如此清廉。冯英杰都怀疑自己是不是摸错了点，走错了地方。

冯英杰注意到贴着灰蒙蒙壁纸的墙壁上挂着一张彩照，上面一个小伙子笑得阳光明媚。冯英杰觉得这笑容是这屋子里唯一的亮色了。他看了看坐在轮椅上的人，笑问：

"那是你吗？"

丁家明学着照片里人的笑容，说："不像吗？"他的笑容充满了讥讽。他灵活地转动了一下轮椅，仿佛在表现一个绝技。

赵龙摇着身子往房间深处走，如入无人之境。冯英杰怕赵龙干出没脑子的事，就叫住他，让他在沙发上坐下来。冯英杰说：

"我们和这哥们聊聊天。"

丁家明的脸上露出恍然明白的表情，说：

"你们是小偷吗？你们知不知道，你们进了警察的家。"

说完他大笑起来，笑得很疯，眼泪都笑出来了：

"你们他妈的来偷警察的家，我肚子都笑痛了。"

冯英杰和赵龙面面相觑，神色严峻。

丁家明自觉没趣，笑声戛然而止，他问：

"你们不怕丁成来吗？西门街的小流氓都怕他。"

冯英杰不屑地说：

"我们不但不怕，我们还要杀了他。"

丁家明的目光在他们的脸上停了好长时间，然后慢慢露出不屑的神色，说：

"你们开玩笑吧？你们有胆杀一个警察吗？你们只不过是两个小偷。"

冯英杰突然被丁家明的表情激怒了。他妈的太小看人了。他对着丁家明的轮椅狠狠地踢了一脚。赵龙以为出了什么事，本能地站起来，目光警觉地摆出防卫姿态。只见丁家明被踢翻在地，脸涨得通红，在挣扎。丁家明说：

"你们想干什么？你再踢我，我杀了你们。"

冯英杰觉得应该好好教训这个毫不自知的白痴。他站起来，狠狠踢丁家明。丁家明抱着头，躺在地上一动不动，也不吭一声。昨晚以来，丁家明一直处在痛苦之中，这会儿落在他身上的暴力似乎缓解了他的痛苦。他的脸上露出奇怪的笑容，好像这会儿正享受着他们的施暴。

"你妈的一个残疾人，还这么不省心，老子踢死你。"冯英杰说。

这时，门外的楼道上响起了脚步声。他们以为是丁成来回来了，警觉地站在门口。一会儿脚步声消失。他们松了一口气。

"几声脚步声就把你们吓成这鸟样，还想杀人，我就不信。"

这回是赵龙火了，他几乎是对着丁家明的裤裆猛踢几脚。

丁家明没叫喊，不过脸上那令人讨厌的讥讽没了，被一脸的痛苦取代。冯英杰抱住了赵龙，让他少安毋躁。

这时候，丁家明突然脱下自己脚上的鞋子，砸向赵龙。讥讽的表情重又回到他的脸上。

"你们再踢我啊，你们踢一个残疾人算什么本事，有种把我杀了。我早已不想活了。"

赵龙被击中，满眼都是杀气。冯英杰怕他乱来，按住了他的肩膀，不让他站起来。一会儿，赵龙平静下来。冯英杰站在丁家明面前，脚碰了碰他的下肢，好奇地问：

"你腿怎么了？为什么不能走了？出了什么事？"

丁家明的双眼瞬间涌出泪水，刚才的狂暴消失无踪，代之而来的是满腔的委屈。

"我被人用汽车撞了，在一个下雨天。我不知道他为什么要撞我，是不小心，还是对我有仇。也许是对我爸有仇。我不知道。我被撞了，撞出去有五米远，差点死了。醒来后我知道自己再也站不起来了。这不公平，我想不通为什么那辆车偏偏要撞到我身上，我究竟有什么错，他要把我撞成这样？"

"也许是针对你爸的，我猜。我就和你爸有仇。那撞你的人抓起来了吗？"

"他逃走了。"

看到那人哭成这样，冯英杰感到有些难受。他知道作为一个杀手，了解目标的个人生活是大忌。这样会下不了手。他不想再在这屋子里待下去了。他对赵龙说：

"我们走吧。"

赵龙似乎心有不甘，说好了要在这里把丁成来干掉的。冯英杰拉了赵龙一把，走出了丁成来的家。这时候，冯英杰突然想起什么，他从宽大的裤袋里摸出一张碟，转身递给丁家明。丁家明伸手接住，瞥了一眼碟的封面，有几个丰满的白种女人全身赤裸地骑在仰躺着的男人身上，做出各种淫荡的姿态。

从楼道下来，冯英杰和赵龙一头扎入满眼的阳光里，四周白茫茫的，像一个个白色的影子在晃动，一会儿周围的树木和建筑才回到眼前。冯英杰抬头看了看天空。真他妈蓝，蓝得好像来到另一个世界。

他们离开小区，往西门派出所方向走去。冯英杰说：

"赵龙，我们得另选地方了。不管怎样，丁成来必须死。这是他必须付出的代价。"

10

　　小晖郁郁寡欢地到单位上班。小晖就职的网络公司，办公室布置成课堂那样的格局，不同之处只是彼此间用玻璃隔开。隔壁一男同事看到小晖心情不好，就想逗小晖开心一下，说，美女，是不是又收到男朋友的鲜花了？让他意外的是，小晖竟勃然大怒，说，你什么意思啊？收没收到鲜花关你屁事啊！那男同事嘀咕道，看来是失恋了。不过，他说出来的是自嘲："美女脾气好大噢。"

　　一会儿，小晖为自己刚才发火而生自己的气。"人家又没有恶意，干吗对人家发那么大的脾气啊。"小晖为了表达歉意，给那男孩一块巧克力。男孩一下子高兴起来："今天不是情人节嗳，你怎么送我巧克力？""去你的。"小晖说。

　　快到中午的时候，林远打电话来想请小晖吃饭。小晖拒绝了他。她现在谁也不想见，何况是林远了。丁家明的悲剧，小晖脱不了干系，林远也脱不了。

　　小晖和林远的关系远非人们想象的那么简单。她知道林远一直喜欢她。早在丁家明之前，林远就给小晖写过情书。收到那情书，小晖乐了好长一阵子，每次想起来都笑痛肚子。在小晖眼里，林远是个还没长大的少年，可他的情书写得如此热烈，简直可以酸死人。"如果失去你，从此我不会再有快乐。"林远在情书中说。可他根本也没得到过啊，何谓"失去"？当时小晖怀疑林远这封情书是从哪里抄来的。

　　后来，小晖和丁家明谈起恋爱，林远依旧对她很痴心。

　　当然，小晖也很享受林远的这份痴心。有时候，小晖会忍不住扒在林远的肩头，说一句不着调的话，逗林远玩。大都是那情书上的内容，也有别的。话还没说完，小晖自己已笑得上气不接下气。丁家明问为什么笑得这么欢乐，林远红着脸说，她笑我是处男，要给找介绍一位小姐，让我去试试。丁家明笑道，她是个疯婆，你别理她。

　　偶尔林远也会撩拨起小晖的心弦。在某些夜深人静的无聊的夜晚，小晖会想象一下林远在床上会有什么表现。这种想象让小晖觉得林远像大熊猫一样好玩。当然只是想象一下而已，因为障碍明摆着存在，林远是丁家明的铁哥们，照丁家明的说法，他和林远"已做了一辈子的朋友"，小晖怎么可能会和林远有肌肤之亲。

　　可是生活总是充满了意外。有时候一念之差，不可能的事情就发生了。

去年三月，他们三人去了一趟越南。没有跟团，是自助行。到了西贡（胡志明市），丁家明毫无来由地发起了高烧。小晖和林远陪着丁家明去当地医院打了一针。他们因此见识了越南医院，很感慨。越南那家医院从外部看很像中国乡村一座破败的祠堂，给人一种残垣断壁的感觉。里面倒是干净整洁，但打针的医生有点可怕，注射前竟把针头叼在嘴上，吓得丁家明想往回跑。

一针打下去，丁家明好多了，但马上出去玩肯定不行。丁家明自己在旅店休息，打发小晖和林远玩去。"难得来一趟，不要浪费时光，我没事，自己会照顾好的。"小晖后来想，她当时听了丁家明的话真的有点无心无肝，竟然眼睛放出光芒来。她原本以为这一天要在旅店陪丁家明了，那会是多么无聊啊。大约是这光芒刺痛了丁家明，这之后他的脸色一直有点阴郁。

那天小晖和林远在西贡的街头瞎逛。

他们三人之所以到越南来玩是因为看过杜拉斯的《情人》。湄公河、热带闷热的气候、茂盛的植物、喧哗市声背后安静的院落、法国殖民时期留下的建筑和遗迹，当然还有风情万种的越南女子——小晖自称也喜欢看漂亮女孩，这些杜拉斯著作留给他们的意象和风情，令他们对越南有着异乎寻常的向往。

有些地方适合想象，有些地方适合回忆。越南并不是杜拉斯笔下的那个样子，很少异国情调，看上去像八十年代中期的中国，以至于他们没有出国的感觉，倒有一种时光倒流到童年的错觉。越南人和中国人没有多大差别，连脸上细微的表情也相像，那种朴实和狡黠交织在一起的模样，像极了中国农民。大概是要等到多年后，眼下一切才会在回忆里被照亮而显得诗意沛然吧？

那天逛水果市场，有一个姑娘突然从边上对小晖说话，说的是汉语。你们是恋人吧？你男朋友很帅，像梁朝伟。小晖以为那姑娘是中国人，问后才知是水果摊主的女儿。仿佛是那姑娘的话照亮了林远，小晖仔细看林远，真的看到了梁朝伟的影子。梁朝伟可是小晖的菜，一直以来的偶像。小晖对这个发现感到好玩，并且涌出一种莫名的甜蜜和喜悦。她就很自然地挽起了林远的胳膊，做情侣状，并问那姑娘，我们配不配？那姑娘嘴甜，说配啊，你们是金童玉女。姑娘把"女"读成了"鱼"。小晖哈哈大笑，和姑娘道别："梁哥哥和一条鱼走了。"

这之后，小晖一直挽着林远的手。林远当然也很受用。小晖后来想，或许只有在异国他乡，她才会这样挽着一个不是男友的男人而没有一点心理负担。小晖后来还很迷惑自己究竟有多爱丁家明，因为那天她几乎没想起过他，林远也没提过丁家明一次，仿佛他俩刻意要把丁家明遗忘，共赴一个不可告人的阴谋。那天两人说话很少，连平时喜欢喋喋不休的小晖看到好玩的景物也只是嘻嘻傻笑一下。越南的天空透着远比国内更为静寂的蔚蓝，热带植物在微风的吹拂下沙沙作响。在安静的时刻，小晖感到和林远身体触碰勾起了她体内的情欲。

湄公河没有他们想象得那么宽阔，但他们没有一点失望，依旧兴致很高，看着湄公河上的机帆船，他们间或谈论一下杜拉斯，谈那个她笔下的法国女孩，也是这样的天气，穿着一件棕色的真丝套衫，腰间系着一根宽大的皮带，斜倚在船栏上。文字真是奇怪的东西，经过文字的叙述，虚构的事物倒比真实来得更有力量。

从湄公河边往回走，突然下起了雨。他们发现远处有一间废弃的高大的厂房，墙上布满了潮湿的青苔。他们就跑着去那厂房躲雨。越南的三月，天气炎热，但这厂房却阴冷潮湿，他们衣衫单薄，刚刚又淋了雨，小晖竟感到寒冷了。不过，小晖对来到这厂房躲雨很满意。这种破落的建筑总是对小晖这样的女子有致命的杀伤力，总是能激发起心中的诗意。"林远，这儿真美，不过有点儿冷。"说完这话，小晖身体哆嗦了一下。几乎像是一个默契，林远从背后抱住了小晖。小晖没有拒绝。过了一会儿，小晖把头仰向林远，两人吻在了一起。

每个男人在做爱时都不一样，林远更是和小晖偶然的想象迥异。那天林远的表现好到超过小晖的期望，整个过程充满了林远一泻千里的甜言蜜语、惊叹、赞美、思念和受苦的表达，并且林远幸福地哭了。这竟然让小晖无比感动，她确认那情书确实是林远自己写的。她努力控制着自己的眼泪，她觉得流泪是危险的。整个过程小晖很投入，几乎和林远水乳交融。小晖甚至有一种死亡的愿望。

　　然后激情退去，肉体冷却，小晖不免有点尴尬。

　　这时，小晖接到丁家明的短信，问他们在哪里，他好多了，想一起吃晚饭。小晖看到短信，全身震颤了一下。这天下午，她第一次明确意识到丁家明的存在，顿时涌出对自己的厌恶感，包括对自己的肉体和刚才的快感的厌恶。她匆匆穿好衣服，说，回去吧。

　　一直以来，有一个噩梦一直跟着小晖。在梦里，她总是被某种类似鬼怪的不祥的生物压着，令她窒息。她常常从这噩梦中惊醒，醒来一身冷汗。以前妈妈说这叫鬼上身，没事，是人人都会做的噩梦。现在小晖知道自己真的鬼上身了。

　　丁家明真的好多了，见到他俩显得很高兴，好像他们已有多年没见面。晚饭时丁家明意外兴奋，喝了好多瓶越南啤酒，仿佛真的是老友重逢，不醉不足以表达心情。小晖看到丁家明这样，心有点痛，差点流出眼泪来。小晖说，家明，你身体还虚，少喝点。丁家明没听小晖的，继续猛喝。

　　晚上回到旅店，小晖和丁家明住一间，林远独自住隔壁房间。到了房间，丁家明情绪顿时低落，不再和小晖说一句话。小晖去浴室洗了个澡（幸好越南还没落后到房间里连洗手间也没有）。小晖对着水龙头，一边洗澡一边放肆地哭泣，仿佛她心里有不尽的委屈无处诉说。

　　后来他们躺下了。丁家明的肉体冰凉。小晖的身体倒是十分烫人。那天晚上，小晖不顾丁家明身体虚弱，和他做了。丁家明非常持久，但没有什么热情，好像他的身体并不属于自己。

隔壁林远房间间或传来奇怪的声音，像是在敲击床头柜或墙壁，有时间隔的时间长，有时间隔的时间短，整夜不停。

中午，小晖忙完手头的工作，站在公司大楼的玻璃窗前，看着街景，满眼都是商店、行人以及广告牌。过分强烈的光线让所见的一切都艳丽无比，那些遮阳的伞、招牌及看板上的性感女郎好像也在阳光下行走，缤纷炫目。小晖其实喜欢热带强烈的色彩，有着对热带无比美好的想象，但这个夏季雨水太少了，一成不变的艳阳高照让季节变得十分漫长。小晖开始厌倦这天气了。也许这厌倦和气候没有关系，和她糟糕的心情有关。她突然想到丁家明被车子撞飞出去的情形，身体一阵紧张，她有一种近乎自虐的想象，仿佛抛出去的是自己。

林远还是开着车来公司了。公司大楼下面车位早满，没地方停车，林远的车子开得太慢，引起了后面车子的不满，他们不停地按喇叭，整条街喇叭齐鸣，弄得人十分厌烦，也让小晖难堪。小晖想，妈的，这家伙是全世界最幼稚的男人。小晖就从楼上下来，钻进林远的车里。小晖坐在副驾驶室里，没给林远好脸色。

对丁家明的愧疚感总会在她意想不到的时刻钻出来，像蛇一样在她胸口咬一口，让她浑身疼痛，让她产生中毒似的意识迷乱的感觉。小晖有点搞不明白这世界以及这个世界的男人。几乎所有的男人都认为她是个纯洁简单的女孩，但她知道自己不是。她有很多坏习惯，比如和男孩之间不太有性别意识。

林远的车子开得东倒西歪，像个醉汉似的。有一会儿，小晖幻想林远把车子撞向路边的石头围杆，车子粉身碎骨，或爆炸起火。小晖总是无端地产生这类幻想，怎么也控制不住。也许这是唯一的解决之道。一了百了。

11

　　那两个"小偷"（丁家明不认为他们是杀手）走了后，不知怎么的丁家明感到寂寞。

　　他们没偷东西，就这样走了。他倒是希望他们当着他的面偷点儿东西，他觉得从他眼皮子底下偷走东西是件有意思的事。他的生活已没有有意思的事了，还会越来越没有意思。如果他们偷东西，他不会喊。他觉得这屋子里没有哪件东西是不能被偷走的。

　　没有什么是不能被偷走的。连他的生活也已经被偷走了，何况身外之物？

　　他的手上还拿着小偷留给他的那张光碟。这种片子他不是没有看过。他还同小晖一起看过。他知道也就是那些花样。但人就是这么奇怪，明明知道就那些事，还会满怀好奇地想看个究竟。他打开电视机，然后把光盘塞进影碟机。几乎没有过场屏幕上就出现了赤身裸体的一对男女。

丁家明最早见识这种场面是在他八岁那年。那年夏季，他在中山公园边一幢老旧的公房内无意中撞见过母亲和另外一个男人赤裸相拥。

童年时他是多么为母亲骄傲。那时候进口的商品还极少，母亲利用工作便利，经常会送他一些洋玩意儿。那天，母亲刚出国回来（那会儿鲜有人出国，母亲也是第一次），给他带来了一块卡西欧电子表，表盘的边沿嵌着两抹棕红色色条，非常漂亮。得到这样的礼物，丁家明是多么高兴。

那天是星期天，母亲说要去单位加班。丁家明很想跟去，母亲拒绝了他。母亲说，我忙得很，没时间照顾你的。母亲出门时，丁家明却偷偷地跟着她。

丁家明对永城小巷子很熟，他决定抄近路去母亲的单位。他独自穿行在永城弯弯曲曲的小巷里。阳光从小巷的屋顶刺入，把小巷分成阴阳两半，他看到向阳的窗口挂着一盆一盆的紫罗兰，叶子和花朵鲜艳欲滴，在阳光下显出勃勃生机。小巷的尽头是一个广场，妈妈的进出口公司就在广场的边上。

从相对阴暗的小巷窜出来，广场上的阳光显得十分刺眼，他以为自己出现了幻觉，他竟然看到妈妈匆匆地从自己的前面走过。他定睛一看，真是的妈妈。她显然没注意到他，低着头走路，紧跟着一个男人，他们彼此的距离大约有三米。她虽然低着头，但她走路的姿势果断，有着一个明确的目标。他辨认那个男人，从背影看，那男人挺拔健硕。他认识他，曾是杂技团走钢丝的演员，现在是妈妈的同事。

那天，他一直偷偷跟着妈妈。他们走得很快，丁家明要小跑才能赶上她。他不敢让他们发现，妈妈要是知道了一定会翻下脸，狠狠训斥他，然后会毫无商量余地地让他回家。丁家明东躲西藏，像个暗探。

一会儿，丁家明看着他们进了白衣巷的一个楼梯。当他们进入楼梯后，那男人一把搂住妈妈的腰，妈妈好像早已没了力气，软软地倒在那男人的怀里。丁家明看到妈妈的表情像是要窒息了一样。

他们消失在走道上。丁家明犹豫了一下，还是跟了上去。楼道光线昏暗，他觉得自己像进入了一个黑暗的隧道。楼道里堆满了杂物，有几条残破的凳子东倒西歪地靠在转角处。他深吸一口气，空气里有一种令人眩晕的混浊的气息，这气息使楼道有一种通向某个未知世界的幻觉，好像楼道的尽头是天堂或地狱。

四楼的那门没有来得及闭上，留着一条缝隙。丁家明听到里面传来清晰的喘息声，那声音听起来很像盛夏时节吐着舌头的狗在急促地呼吸着。他靠近门边，向里望去，在室内窗口光线的映照下，他看到妈妈的双腿缠绕在背对着他的男人身上。她微闭着双眼，似乎沉醉在某个美梦中不愿醒来。那个男人疯狂地亲着妈妈，一会儿把脸埋在妈妈的胸口。丁家明不知该怎么办。就在这时，走道上蹿出一只猫，猫打翻了一只丢弃在走道上的面盆，发出清晰的"哐当"声。妈妈警觉地睁开眼，把目光投向门缝。丁家明已经来不及躲藏了，妈妈看到了他。那一刻妈妈的目光非常惊愕。她推开男人，迅速地套上衣服，追了出来。

丁家明转身跑了。在楼道上，一根木头差点绊倒他，在快要跌倒时，他死死抱住了楼梯的扶手，但他的肘部还是擦破了皮。他站稳后，继续往楼下跑，一会儿一阵热风迎向他，他一头扎入阳光之中。他觉得这满世界的阳光就像无边无际的海水，会把人溺毙。

妈妈在丁家明快要进入巷子前追上了他。她像提一只小鸡一样把丁家明拎了起来，然后放到自己前面。妈妈似乎非常生气，冷冷地看着他。一会儿，她问：

"谁让你来的？"

丁家明不知如何回答她，一直低着头，就好像是他做错了事。他的头脑中满是刚才见到的古怪的一幕。他突然觉得无比的孤单，放声哭泣起来。妈妈蹲了下来，脸上露出少见的温柔表情。她抱了抱丁家明，摸着他的脸，说：

"今天的事不要告诉爸爸，好吗？"

丁家明一边哭，一边使劲点头。

那以后的一段日子母亲对丁家明非常好，好得让丁家明感到不真实。直到有一天，丁家明忍不住对父亲讲了母亲的事。自目睹了母亲和那男人的事后，他总觉得对不起父亲，有很强的负罪感，觉得再瞒下去他会窒息而死。

这事的结果是父亲和母亲的婚姻破碎了，两人就此形同路人，虽然并没离婚，但母亲后来很少踏进家门。

丁家明知道，母亲为此一直不能原谅他。

自己有多久没见母亲了？差不多快有三年了。现在母亲受公司委派远在西班牙，已好久没回家了。这屋子里几乎没有了母亲的任何痕迹。

屏幕上两团火焰般的肉体在丁家明涣散的目光里游移，丁家明发现自己的身体依旧有反应。

楼道上响起了熟悉的脚步声。可能是父亲回来了。他迅速地关掉影碟机，但来不及把碟片退出来。因为父亲已经进屋了。

12

丁成来需要中午回家替儿子弄午饭吃。

进屋的时候，凭着警察的敏感，丁成来嗅到家里似乎有些异样。他在门口的红色塑料鞋毯上看到了鞋迹和泥痕。他问儿子，谁来过了？丁家明坐在轮椅上，样子有点惊慌。丁成来微闭双眼，深吸一口气，空气有一股汗臭味。没错，真的有人来过了。

丁成来总是回避和儿子目光交集，他通常是低头和儿子说话。丁成来总觉得自己的视域几乎是 360 度的，他不需要刻意注视，就能"看"到这屋子里与平常不同的细节。他看到儿子迅速地把放在电视柜上的影碟封面藏了起来。

有人来过了。他断定。他虽然没看清那套封，但他猜想刚才儿子在看一张黄碟。在家里很久没有这种玩意儿了，一定是刚才有人送给儿子的。谁？是林远吗？林远来过了？

丁成来当作什么也没看到，进了厨房，开始给儿子做饭。他表面上专注于做饭，脑子里想的都是儿子的事。他总是抑制自己不要想儿子的事，但这事好像已在他脑子里生了根，总会在他软弱的时刻坚韧地钻出来，折磨他，他的心就像被掏空了似的难受。

儿子太冤了！

儿子的伤残表面上看是一个偶然事件。那是一个雨夜，儿子和女友小晖从中山路印度餐馆出来（那段日子印度手抛饼在永城颇为流行），被突然开来的一辆越野车撞倒，造成了终身残疾。据小晖事后说，那天吃饭时，她和丁家明一直在吵架，出来时还在吵。那天小晖大概被丁家明激怒了，情急之下打了丁家明一个耳光，然后怒气冲冲向街对面跑。丁家明追了上去，被迎面而来的一辆车撞上。那辆肇事车辆趁着雨夜逃之夭夭。

事后，丁成来调来所有中山路及附近街道的监控录像，都没法辨认出那辆车，仿佛那辆车经过了刻意的伪装。

至今为止，儿子都没同丁成来谈过那天晚上和小晖吵架的原因。对此，丁家明和小晖都讳莫如深。不过丁成来也没细问。年轻人的游戏不都是这样的吗？吵吵闹闹是正常的。

丁成来认为吵架的原因并不重要，这同车祸没有任何关系。他断定儿子无端的车祸看似偶然，很有可能是个精心策划的阴谋，或许与自己的职业生涯有关。当警察这么多年，丁成来办过无数案子，当然有可能同人结下梁子。他们也许是想用伤害儿子的方式给他致命一击。这一击确实击中了穴位，哪个父亲能承受这样的打击？丁成来几乎被击倒了。想当年发现老婆和别人上床，他也没那么悲伤。在内心深处，他因此对儿子满怀愧疚。

一会儿中饭做好了。丁家明进了厨房来端做好的菜。丁成来说，你别动，我来吧。丁家明突然生气了，说，我是个废物吗？丁家明瞥了丁成来一眼，目光里竟有些仇恨。丁成来心一酸，别过头去，不再说一句话。

饭吃得有点沉闷。儿子没说一句话。四周阒然无声，只有他们咀嚼饭菜时发出轻轻的沙沙声。仿佛是为了缓和气氛，丁成来夹了一块刚做的红烧鸡翅给丁家明。

"刚从菜场买来的，你尝尝，好不好吃。"

丁家明埋首把那鸡翅吃了下去。丁成来发现儿子脸上有一条若隐若现的红痕。

"今天谁来看过你了吗？"

丁家明没有回答。

"是林远来过了吗？"

"没有。"

"我看到门边的鞋毯上脏脏的。"

"我今天出门了。"

"出门了？很好啊，你是得去外面走走，晒晒太阳。"

丁家明仿佛下了很大的决心，抬起头来，平静地看了看丁成来，脸上挂着一丝嘲弄。自丁家明受伤以来，他脸上总是有一股子抹也抹不去的讥讽，好像这个世界和他遭遇的不幸都是天大的笑话。这种神情有时候让丁成来恼火。但丁成来从不对儿子发火，一会儿，他说：

"我今天看见小晖了，她看上去心情不太好。"

丁家明迅速放下筷子，回到自己的房间并关上了房门。这种姿态表明他不愿再和丁成来讨论这个问题。他不愿再多说一句话。

丁成来深觉无趣。他又看了看鞋毯上的印迹，想，一定有人来过了。究竟是谁呢？

13

　　带着一股深刻的厌倦感和无力感，柯译予回到了律师事务所。

　　助手一直跟着他，一脸的惶惑。他知道老板心情不好，怕自己一不小心撞到枪口上。助手的脸因此显出一种婴儿般的无辜和幼稚来。这幼稚让柯译予深深厌恶。他都懒得瞧助手一眼，他的表情仿佛在说："我怎么养了这么一个吃干饭的。"

　　助手进办公室时，柯译予叫住了他。

　　"你注意农药厂宿舍的事态，多和他们沟通沟通，做事主动点，要是他们真去派出所，你立即告诉我。"

　　说完柯译予进了厕所。

　　柯译予洗手时，看到镜子里面自己脸色暗红，好像他的脸这会儿正冒着火光。想起自己曾给小晖打过电话、发过短信，他从裤袋里拿出手机看了一下，小晖竟然一个也没回。他骂了一句娘，对自己说："我为什么要如此关心她，她根本都不在乎我。"这个念头让他更加沮丧。他打开水龙头洗手。他想擦干净手上的水,但吹风机下没有了纸,他胡乱搓了搓手。由于心情恶劣的缘故,他大步冲到办公室,负责办公室的老张不在,文印兼打字员美娟正对着电脑一边聊天一边玩四国大战,脸上是暧昧的傻笑。柯译予对着美娟吼道:

"怎么搞的嘛?洗手间连一张擦手的纸都没有,你们办公室吃干饭的吗?"

美娟紧张地关了游戏,电脑马上显示柯译予微博的主页。

美娟一直关注着柯译予的微博。她还经常和柯译予讨论微博内容,言谈之中满是对柯译予的赞美和崇拜。柯译予当然受用,因此蛮喜欢美娟的。

柯译予这一通狮吼让美娟一脸惊骇和委屈,眼泪一下子从大而空洞的双目中滚了出来。柯译予更厌烦了,说:

"哭什么哭,还不快去把纸放好!"

美娟抽泣着去放纸了。

柯译予本想进办公室,见美娟如此委屈,心里有点过意不去。律所本来人少,各人手头都有案子,并非各司其职,像洗手间卫生纸这种事要怪美娟也不尽合理。对美娟发火,纯粹是借机发泄一下恶劣的情绪,他觉得有点过分了。

柯译予朝洗手间那边张望。幽暗的过道对着一个窗户,光线像瀑布一样涌入,洒落在窗下的两盆紫竹上。紫竹是美娟从她父亲那儿搬来的,算是给这个单调的办公场所增添了些许生趣。天空像染过一样蓝。

　　美娟放好纸回来，柯译予拍了拍美娟的背表示安抚。然后进了办公室。

14

办公室响起了敲门声，接着老袁推门进来了，脸上的表情是忧心忡忡的，那表情像是在说："世界末日已经不远了，2012年马上就要到了。"

柯译予见老袁进来，情绪更坏了。他知道老袁会说些什么。老袁一定知道早上王培庆闹得交通瘫痪这事了。老袁一直担心律所会因柯译予的折腾而遭殃。

说起来柯译予入律师这一行还是老袁劝说的结果。那会儿柯译予在民政局工作，这工作几近无聊，没有任何前途可言，再加上刚和前妻离婚，心情非常糟糕，也非常空虚，除了去夜店寻找艳遇和刺激，整天无所事事。那时候柯译予对老袁说得最多的一句话是"老袁，我现在真的成了一个孤魂野鬼"。说这话时柯译予非常沮丧。老袁作为柯译予最好的哥们，提议柯译予同他一起干，共同办一家律师事务所。开始柯译予觉得这简直是天方夜谭，他对法律可是一窍不通。老袁说，中国有什么法律啊，不用太懂，功夫不在这儿。我早看出来了，你交往能力比我强得多。你女孩一个接着一个，我就没有。

于是两人成立了明星律师事务所。当年他俩怎么也想不到律所能发展到今天这个局面，简直成了业界屈指可数的名律所。不过，两人的关系不像早年那么铁了，最大的原因是柯译予现在的名头比老袁响亮，俨然大律师了。老袁至今泯然众人。老袁因此在心里面或多或少有些嫉妒吧。现在表面上两人还是哥们，但毕竟微妙了，隔膜了。作为律所的共同发起人，他们在很多事情上公事公办了。

这会儿，柯译予装出颓唐的表情，仿佛老袁本身就是他颓唐的一部分。柯译予决定不和老袁谈公事。他打算像从前一样，和老袁谈自己的坏心情。

"你怎么啦？我刚刚听到你在对美娟发脾气。"

柯译予厌烦地想，老袁总是这么绕。不过，他知道老袁最终会绕到农药厂的案子上来。老袁为什么要这么绕呢，不能直接一点？好吧，那我们就一起绕吧。他叹了口气说：

"老袁，我老是觉得有人在耳边说话。"

柯译予这么说时，目光一直看着老袁，好像目光里正伸出一只叫恐惧的手，试图攫住老袁。

有一段日子，柯译予突然变得很悲观，怀疑自己得了忧郁症，在老袁的介绍下，他去南塘街一位应姓心理大师那儿接受过治疗。那是个皮肤幽暗的中年女士，有一张佛像似的圆脸，据传有通灵之术。柯译予发现应大师的目光有一种深不可测的淡漠和慈悲（这两种神情如何能同时出现在一个人身上，柯译予百思不解），好像那目光联结着某个神秘世界。很多本市有钱有势的太太都在她那儿接受安慰和治疗。他曾目睹过一位太太，一见到大师就泪眼滂沱，一语不发。大师也没讲一句话，只是慈悲地看着她。后来那太太说了句，我舒服多了，就走了。

"你太疲劳了。人疲劳容易出现幻觉。"老袁说。

"老袁，我可能又病了。你看看窗外，天空这么蓝，我真想一头扎进去。"

老袁不相信柯译予所说的。即使他的目光再真诚，他也不信。这么多年来，他早已看透了他。柯译予身上有一种奇怪的气质，几乎人人都会被柯译予刹那流露的真诚迷惑。但现在他怀疑他的真诚都是装的。这家伙太懂人心了，他懂得坦率地对人说出自己的人生困惑时，对方就会被他打动。老袁不会上当，这一套对老袁没用。

"死亡偶尔会诱惑我们，但对死亡的恐惧会迅速取而代之。"

说完这话，老袁吓了一跳，他无意之中说出了一句箴言。

"人与人不一样。"柯译予摇摇头。

"其实不把自己当特殊人物会好一点，在这世上，谁也不是救世主。"

显然老袁说"救世主"是在讥讽他。柯译予说：

"你说得对，老袁，我今天一直在嘲笑自己，我他妈不是救世主，却要去当救世主。可问题是，当我这样想的时候，我突然发现生活没有任何意义，既然没有意义我们为什么要活着？"

老袁一脸的不以为然，那表情写着："真他妈把自己当圣人了，谁都别同我装圣人，一起混口饭吃而已。"但说出来的是：

"有个作家好像说过，人就是为活着本身活着。"

"余华说的，是一句废话。"

"生活就是如此朴素，很多人什么都不想，活得好好的。"

"我试过，我做不到。"

老袁显然被柯译予的抒情弄烦了，他终于说到正题上。

"好吧，译予，你不要焦虑，要是那官司实在压力太大，你就退出。反正你也没欠他们什么。"

"这个不行，我不会收手。我要是收手，从此就是不用混了，我自己都会看不起自己。"

从老袁坐着的位置看过去，柯译予背对着窗口，窗外明亮的光线让柯译予脸上的表情一时难以辨认，只有他的目光是清楚的，那目光在说："我很挫败，别在这事上劝我，否则我会更挫败。"老袁长长地叹了口气，想，柯译予走火入魔了，他根本不想同我讨论这事。

果然，柯译予转移了话题：

"老袁，我认识了一个女孩。"

"什么？"

"我现在头脑里全是她，停不下来。我就是想见到她。见不到她，我就烦躁，什么心情也没有。"

老袁想，柯译予又在演戏了，或者说自恋病又发作了。这么多年来，他总是把自己当作一个情圣。都一大把年纪了，不至于为一个女人如此这般吧。柯译予已不是少年了。

"可是，老袁，她不理我，我今天给她打了无数个电话，她都没接。"

"你会有办法的。在这方面我从来没低估过你。"

老袁深知柯译予在女人那儿很有一套。这个自私鬼简直是女人的杀手，谁都逃不过他的"真诚"。老袁还想，又将有一个女人被柯译予祸害。

"这次不同，这个女孩太特别了。我都没弄清楚对她是什么情感，我从来没想过要和她上床，我只是想关心她、保护她。"

"译予，你每次都这样说，我相信这次也没什么特别。"

"是吗？老袁，我知道你在嘲笑我。请你相信我，这个女孩非常特别。"

他看到柯译予说这话时脸上露出温情的笑意。那笑容中甚至有一种父亲般的宽厚。

老袁走后，柯译予真的颓唐了。最好不要和穿开裆裤认识的人交往过密，因为他老是拿"开裆裤"的目光看待你。

但柯译予不得不承认，老袁是他的一面镜子。在这面镜子里照出的是他最不喜欢的部分。这也是他在自恋以外总是讨厌自己的原因。

15

那天在印度餐馆里，丁家明对小晖的每一个质问都是对的。从越南回来后，她曾下决心不再和林远有那样的关系。然而男女之间的关系永远没有想的那么简单，尤其是有肌肤之亲的两个人。况且林远迷恋了小晖这么多年。虽然在内心深处她坚定地做着丁家明的女友，并以此自居，但她有时候像个贪玩的孩子，把林远当成了玩具。在无数次拒绝林远的表白后，有两次，她没有把持住。人总是有迷失的时候，何况她还是个贪心的人。林远孩子气的方式总是让她有一种母性的满足感。

一次是越南回来一个月后，也许是在国内，再无异国他乡的漂泊感，那次再也没有越南时的兴奋和刺激，小晖感到相当乏味并有强烈的罪恶感。小晖因此下决心不会再和林远发生关系。那天她就是这么说的，林远，这是最后一次，我说到做到。

去年夏天，小晖因为瞒着丁家明和两个男同事去玩了几天，丁家明很生气，质问小晖。小晖觉得很冤，根本什么事都没发生啊。自越南回来后，丁家明对她总是疑神疑鬼的，这也是她不告诉丁家明的原因。她就和丁家明狠狠吵了一架。两个人都说了伤人的话。对两个知根知底的人来说，语言有时候比刀子更锋利，句句要害，刀刀见血。她那天觉得自己委屈极了，需要倾诉，也需要安慰，她就想到了林远。可人比想象的要复杂得多，说不定所谓的"需要"也仅仅是借口。总之，那天在林远家里，她说了好多丁家明的坏话。后来，当林远抱住了她时，她没有任何拒绝的姿态，相反是全情投入。事后，林远不但不高兴，反而是一副受伤的模样。

"你怎么啦？"

"我想让丁家明消失，让我真正得到你。"

小晖当即愣掉了，她起来穿衣服：

"你想也不要想。"

"小晖，这是为什么？"

"因为我不爱你。"

"可是我爱你。"

小晖发现胸罩不见了，问林远看见没有。林远黑着脸一声不吭。小晖怀疑是林远藏了起来。但小晖并不介意，她乳房属于小巧型，自觉挺好看的，戴不戴都无所谓，她平时经常不戴的，尤其冬天穿毛衣的时候，不戴乳罩使乳房显得不那么大。小晖觉得女人乳房太大有点傻乎乎的。

那天，在印度餐馆的包厢内，丁家明突然低着头问，你那花边细花的棉质胸罩到哪里去了？她愣住了。她说，你怎么这么关心女人的东西？丁家明突然抬起头来，眼神像一只受伤的豹子，显得既破碎又愤怒。

"为什么会在林远家里？"

"你在说什么，怎么会在林远家里。"小晖有点心虚。

"你把我当傻瓜吗？"

小晖没言语。

"请告诉我为什么！"

"我怎么知道。"她提高了声调。

然后她怒气冲冲地走出了餐厅。她的愤怒当然更多指向林远。那时，小晖才意识到林远远没想的那么简单。她怀疑这是林远的一个阴谋。是他刻意让丁家明"无意"看到这东西的。一定是这样。

悲剧就在那个晚上发生了。那个晚上，卜着雨，虽然看不见天空，但她能感觉到乌云在很低的地方翻滚。路灯是亮着的，但雨水令能见度很差。当丁家明追出来时，一辆绿色的越野车迅速撞了上来。

小晖目睹了这一幕。她最初怀疑是林远雇人干的。她在惊骇失语的时候，脑子里清晰地回忆起林远说"我想让丁家明消失"时的表情。在回忆里这表情显得更加阴郁而坚定。当然没过多久，她便意识到车祸和林远没一点关系。

小晖清晰地意识到，丁家明的飞来横祸是她带给他的。是她害了丁家明。从此后，她成了一个罪人。

16

　　去西门派出所的路上，丁成来发现那两个年轻人又在跟踪他。他是昨天发现这一情况的。他还没搞清楚这两个年轻人为何要跟踪他。敢于跟踪一位警察一定是有来头的，要么是黑社会的仇家，要么是被他冤屈的仇家。总之，是仇家。这是干这一行的命。那两个人就在身后，丁成来很想停下来等他们靠近。两个毛孩子还是对付得了的。当然，毛孩子有毛孩子的危险，毛孩子野起来更冷酷更嗜血。想到下午有正事要办，他放弃了。反正是他们跟着他，他可随时办了他们，除非他们不再跟踪他了。这似乎不太可能。

　　到了派出所，丁成来听到王培庆还在哇啦哇啦地叫个不停。这个疯子真把自己当成革命先烈了，以为自己占据着道德制高点。他究竟从哪里得来这种正义感？丁成来听着烦，决定把王培庆放了。

　　他让王培庆在拘留单上签字。拘留单事由一项填着"扰乱公共秩序"几个字。王培庆看了很不以为然，愤然在边上注了"与事实不符"五个字，字写得歪歪扭扭。然后他心满意足地签上自己的大名，同时没忘了按上自己的指印。丁成来看了王培庆一眼，想说点什么，不过他最终忍住了。

中午以来，丁成来心情很坏。他觉得儿子真的废了，他都无聊到需要看黄碟打发时间了。他以后可怎么办？还有长长的一辈子啊！他偶尔会积聚起对儿子如此自暴自弃的愤怒，但更多的不满还是针对自己的。儿子的"果"，其"因"就是他。是他招致了儿子的飞来横祸。令他感到窝囊的是儿子出事快一年了，他没找到肇事逃逸者。那人依旧逍遥法外。这简直是对他职业的嘲弄和蔑视。

这一年来，他一直在调查那起车祸。从他调用的监控录像判断，那天撞儿子的应该是一辆绿色普拉多越野车。但当时下雨，录像相当模糊，根本看不见车牌号，也看不出这辆车有什么明显的特征。因为看不清车牌，所以甚至连是否是本市车辆都无法确定。监控并未拍摄到撞人的那一刻，以至于是否就是这辆车撞的也疑问重重。但丁成来确信是这辆车，原因有二：一是在录像里这辆车行进时路线呈S形，明显慌乱；二是这辆车刚好就出现在出事那个时间段。现在，丁成来只要在街上看到任何一辆绿色普拉多都会疑心重重，就像派出所那个反扒的同事总是疑心每个人都是小偷。

虽然丁成来已无数次看过那段录像，但他打算再看一次。

他从抽屉里拿出光碟塞进电脑里。那个雨夜车辆稀少，也许就因为车辆少才容易让驾车人放松警惕，但同时也意味着阴谋的可能性增加。如此宽阔的马路，为何还撞上人呢？丁成来在车辆最清晰的地方暂停，依旧没有发现任何特征标记。牌照处一直暗着，偶尔显露，亦被雨滴反射的光斑挡住。要是没有一点特征，要找到这辆车简直如大海捞针。丁成来意识到也许一辈子都抓获不了那个逃逸者。

17

　　和林远吃完饭回到公司，小晖依旧心神不宁，脑子里浮现的还是早上看见丁家明在天桥上的场景，无法集中注意力工作。她索性向主管请了假，回家休息了。

　　有些场景永植在小晖的记忆中，再也无法抹去。丁家明从医院里出来，知道自己永远也站不起来了，有很长一段时间，他躺在床上不肯下来。他目光明亮，是那种绝望而冷酷的明亮，隐藏着不甘和恨意。每次小晖坐在丁家明床前，丁家明就背过身去。小晖伸手握住丁家明放在白色被盖上的手，丁家明的回应显得软弱而犹疑，他紧握了小晖一下，又无力地放开，抽回了手。

　　窗外是一尘不染的蓝天。一只鸟向蓝天深处飞去。丁家明说，天空很蓝你看到了吗？你说人为什么没翅膀呢？要是有翅膀就好了，就不用腿了。小晖俯下身，紧紧抱着丁家明，浑身颤动。丁家明说，你在哭吗？小晖终于憋不住，像一个无辜的孩子一样号啕大哭。丁家明依旧背对着小晖，向后伸手拍了拍小晖，仿佛在安慰她。丁家明说，小晖，我们分手吧。我是为你好，要知道我再也站不起来了。

小晖去了一趟医院妇科。妇科室外的休息区坐着一溜年轻女孩。终于轮到小晖。她进入诊室。一块帘布拉起一个独立空间。小晖坐在医生面前。医生是个严厉的中年妇女，目光带着不耐烦和轻蔑。女医生指了指背后的检查床，说，脱掉裤子，去那儿躺下。小晖不明所以。女医生命令道，还不快点！怀孕了还是性病？小晖感到被羞辱，差点发作，不过还是忍了下来。她告诉医生自己没有怀孕也没有性病，她来这儿是想要个孩子。女医生看了她一眼，问，是不会生吗？多大了？小晖表示自己身体没问题。女医生没好气地说，你没病来医院干吗？生孩子你去找男人啊。小晖说她想人工授精。女医生刀子一样的目光一下子软了下来，问，是你男人有问题？小晖说，他瘫痪了，但我爱他，我想和他有个孩子。女医生瞥了一眼小晖，低下头，语调变得柔和，是婚后出的事？小晖摇摇头说，我们还没结婚，我想知道能不能让我有他的孩子。女医生断然说，没结婚不能做。女医生不忍再看小晖，转头对着门外喊，下一个。

那段时间，小晖执念于和丁家明早日完婚。她曾去派出所找过丁成来，表示想和丁家明结婚，这样可以随时照顾他。丁成来说，家明也是这么想的？小晖说，家明恐怕不会答应的，他现在最想我滚得远远的。丁成来长长叹了口气，不再说话。

他打开电脑，调出视频，又看了一遍监控录像。丁成来说，雨太大了，什么也看不清。小晖说，对不起。丁成来说，你有什么对不起的，对不起的应是那个肇事逃逸的混蛋。小晖希望丁成来同意她和丁家明结婚。丁成来突然有些不耐烦，说，你让我同意？我当然希望我儿子有人照顾，可家明都这样了，让你担这个罪过，你让我怎么说？小晖说，我爱家明，这就够了。

　　有一天，丁家明心情不错，小晖约了一帮朋友一起去卡拉OK厅欢聚。在现场，丁家明坐在轮椅上，和欢乐气氛格格不入。一个胖子朋友兴奋地唱着刘德华的《忘情水》，唱得相当投入，带着哭腔，只是略微有些跑调。朋友们各自聊着各种八卦，根本没在听谁唱。只待唱完，大家使劲鼓掌喝彩，喊着"再来一个"。中途，小晖突然站起来，拿起麦克风。小晖看了一眼丁家明，然后清了清嗓子，要大家安静几分钟。小晖说，报告大家一个喜讯，她和丁家明准备结婚了。"我们还会要一个孩子。"小晖强调。K厅一下子安静下来，朋友们纷纷回头看丁家明。丁家明脸上挂着惊讶，呆呆地看着小晖，不过丁家明脸上迅速布满了温和的笑容。众人终于鼓起掌来。刚才唱歌的胖子打了丁家明一拳，开玩笑说，丁家明，那事儿你还行吗？丁家明笑笑。

　　欢聚结束已经是深夜了。小晖推着丁家明的轮椅走在回家的路上。街头人影稀少，霓虹灯依旧闪耀，显得分外寥落。在朋友们中间，丁家明一直保持着微笑，一出K厅，就拉长了脸。丁家明用难以置信的口气说，你要跟我结婚？小晖说，是啊。

丁家明说，为什么？小晖说，因为我爱你。丁家明上下打量小晖，好像小晖说出了人世间最大的谎言。丁家明说，你爱我？爱我什么？爱我是个瘫子？我站不起来了知不知道，你的爱还真他妈的有个性。

小晖推着丁家明来到人行立交桥下，有行人走过，用奇怪的目光打量着他们。丁家明没头没脑对那人吼，看什么，没见过瘫子啊。那人吓着了，匆匆离开。丁家明突然摔开小晖，转动轮椅，向人行立交桥上冲。人行立交桥两边有约一米宽的坡道。当轮椅要滑下来时，丁家明用手攀住边上的围栏，然后吃力地往上攀缘。小晖赶紧追上去帮忙，丁家明火了，一只手攀缘着护栏，一只手推开小晖。轮椅失去重心，差点往下滚。小晖只得站在一边看着丁家明咬紧牙关使劲往上攀缘。丁家明终于攀到了立交桥上，他的脸上露出难得一见的满意的笑容。立交桥下空空荡荡，这时一辆灯光闪烁的广告车开过，正播着一首《最炫民族风》："苍茫的天涯是我的爱，绵绵的青山脚下花正开……"歌声划破寂静的深夜，显出一种苍凉的艳俗。丁家明说，瞧见了吧，没你我也行，是不是？所以，你放心好了，何必吊死在我这棵枯树上？"我比你想象的要能干得多。"丁家明又说。

丁家明突然转动轮椅快速驰向桥的另一边。没等小晖反应过来，丁家明的轮椅向人行立交桥下冲去。这回，丁家明没走边道，而是让轮椅顺着人行梯阶滑动。轮椅冲下去的速度很快，也很不稳定，有好几次，轮椅眼见着要翻倒。丁家明并不在意，他举着双手，身上的衬衫像鸟的翅膀一样张开，口中发出呼喊声，好像他此刻正在游乐场的滑梯上。小晖紧张得快要晕过去。最后，丁家明的轮椅重重地撞在一根电线柱上。丁家明满头是汗，脸上挂着诡异的笑容。小晖脸色苍白，她感受到丁家明疯狂行为中的绝望，默默流下泪水。丁家明说，你哭个屁啊？是我坐在轮椅上！

丁家明开始疏远小晖。每次去看丁家明，小晖带给他喜欢的杂志，文艺以及软件杂志居多。她劝慰丁家明利用学到的技术开发实用软件。丁家明从来不搭理她。有很多次，她觉得自己在同虚无对话，好像她面对的不是丁家明，而是荒芜的戈壁，她发出的声音迅速地被寂静吸走了，根本传不到他那儿。这让她无比沮丧。他当然是听到的。她仔细观察过他的表情，他的表情仿佛在说："你算了吧，别假惺惺的了，我知道，你早已想逃离了。那就快逃吧。"自从丁家明打消她结婚的念头后，她不是没有想过逃离，但他的表情还是让她感到受辱。有一天，她实在受不了，狠狠地把包砸到他的脸上。他还是没有任何回应，脸上挂着略带讥讽的笑意，好像小晖的一砸非但没令他疼痛，反倒有某种快意。他的脸被砸出了乌青，肿了整整一个星期。

小晖猜不出丁家明为什么要这样。即使他们不再做恋人，依旧可以成为朋友啊。小晖想，丁家明也许真的已不在乎她了。

后来，丁成来告诉过小晖，丁家明曾试图自杀过。一天丁成来回家，看到一把轮椅安静地立在门边，轮椅上没有人。他吓了一跳，意识到出事了，叫唤丁家明。屋内无声无息。他找遍房间，没有丁家明的影子。丁成来看到通向顶楼的楼梯上有拖痕。他往楼道上奔，有一把木梯通向房子的屋顶。丁成来迅速爬上去。他看到儿子瘫坐在屋顶水箱边，水箱紧靠天台边沿，丁家明坐在那儿看上去非常危险。丁成来说，家明，你别干傻事啊。丁成来小心地靠近儿子。丁家明双手捂住脸，泣不成声，他说，爸，我没用了，是个废物。丁成来紧紧搂住丁家明，强忍着眼泪。

小晖理解丁家明的心情。

18

冯英杰和赵龙来到西门派出所。西门派出所离西门桥不远，在水产公司冷库边上。冯英杰一脸严肃地望了望天空。今天的天空真他妈蓝，和他记忆中童年的天空一模一样。在东莞这么多年可没见着这么漂亮的天空。他还看到那座废弃的自来水塔高高耸立在天边，它顶部伞状的部分像深圳世界之窗里演出的那些舞女的乳罩，不过要巨大得多。想到这个比喻，他严肃的脸终于有了笑意。

那自来水塔已经废弃很久了，竟然还在。他记得自己童年和少年时期经常爬到水塔上去玩。那时候水塔差不多是永城最高的建筑，在水塔上可以一览整个永城，可把西门街看个一清二楚。有一次，他站在水塔上看到父亲在西门街那个风骚的寡妇屁股上摸了一把。想起这一幕，冯英杰的心紧缩了一下，脸上又挂上了漆黑的杀气。

七月的永城已经非常炎热，感觉比东莞气温还高一些。在烈日朗照下，赵龙头上冒着油亮的汗珠，脸上则布满了疑惑和不满。赵龙皱着眉头看了看西门派出所，带着一种哭笑不得的讥讽的神情说：

"冯哥，你不会冲进派出所杀了那个叫丁成来的家伙吧？"

冯英杰没理睬赵龙。他不喜欢多说话。他的人生信条之一是沉默。他觉得说话是人类最愚蠢的行为，要是人人成了哑巴，这世界会比现在好得多。这世上所有糟糕的事都出在这张嘴上。

有一个瘦子从派出所出来了。他一路都在骂骂咧咧。冯英杰虽有十多年没回西门街，但还是认出了此人，他是王培庆，过去是农药厂的，做过农药厂的工会主席。

冯英杰少年时和一个伙伴去农药厂偷农药。他们想用农药毒死护城河里的鱼，这是他们捕鱼的方法之一。那次，他们被这个叫王培庆的家伙抓了起来。王培庆把他们关在工会的会议室，满怀正义审问他们。审到后来，王培庆也不正经了，要他们把短裤脱下来，让他俩相互比谁的小鸡鸡大。当时王培庆看到冯英杰的小鸡鸡，两眼放光，说，好家伙，以后比你爹强。至此已无严肃气氛,完全是娱乐了,会议室里充满了暧昧的欢愉。最后王培庆自己也脱下了短裤，露出了生殖器。让冯英杰吃惊的是王培庆这么瘦弱的人生殖器竟然如此巨大。

也许冯英杰和赵龙的样子有点鬼鬼祟祟的，王培庆从派出所出来就注意上了他俩，目光里充满了戒备。冯英杰想，王培庆还是像从前一样喜欢多管闲事。显然王培庆没有把冯英杰认出来。这也正常，冯英杰离开西门街时差不多还是少年，这十年，他变得自己都有点不认识自己了。

看来，王培庆真的把他们当小偷了。后来冯英杰才知道王培庆把他们当小偷自有其道理。前阵子西门街水产公司冷库经常失窃，一箱一箱的海鲜被人趁黑偷走。因为水产公司仓库就在西门派出所边上，所以这事就显出故意挑衅的意思，很有讽刺意味了。听说也有小偷冻死在冷库车间里。

这天赵龙心情不好，所以当王培庆呵责他们是不是想偷海鲜时，他非常生气，冲到王培庆面前，一把揪住王培庆。王培庆想高喊时，被赵龙敏捷地盖住了嘴巴。

冯英杰本想制止赵龙的，但这时他脑里子突然冒出一个恶作剧的念头。那年，他和伙伴对被王培庆扒裤子一事耿耿于怀，感到深受羞辱，于是就想报复。那时候，冯英杰的爹是爆竹厂的，冯英杰就从爆竹厂弄了一些火药和雷管，自制了一个炸弹，放在王培庆的办公桌抽屉里，听说后来真的炸了，还炸掉了王培庆的睾丸。想起这些往事，冯英杰第一次愉快地笑出声来。在赵龙看来，这笑显得莫名其妙。

冯英杰帮赵龙把王培庆拖进了附近中国银行的地下车库。中午，西门街行人稀少，附近的居民及单位上班族这会儿大概都在午休。地下车库寂静无声，只有从出口处传来零星的汽车喇叭声。赵龙看上去还是有点紧张，他的手还盖在王培庆的嘴上，另一只手则紧紧搂着王培庆的脖子。

王培庆也很紧张，甚至还有点儿恐惧，同刚从派出所出来时那股子受难英雄般的豪气比，简直判若两人。他搞不明白他们会怎么处置他。他怀疑这是一个阴谋，很可能是派出所唆使地痞流氓对付他。

冯英杰让赵龙把王培庆押到通往大楼的楼道边。这个地方比较隐蔽，不太会有人来，也没有退路，王培庆想逃走几无可能。

冯英杰的脑子里经常会涌出一些怪念头，会瞬间改变他的行动的方向。这一点赵龙最知道了。不过赵龙因此很伤脑筋，因为他总是摸不清冯英杰脑子里的想法，不晓得这人接下来会干出什么事来。

赵龙摸不透冯英杰，经常上他的当。有一天，冯英杰对赵龙说，赵龙，我们杀人太多，我被鬼缠上了，鬼要我把这刀片吞下肚去。他给赵龙看手上一枚剃须刀片，在赵龙试图从他手中夺去前迅速吞下肚去，然后当即躺倒在地，痛得打滚。正当赵龙担心得快哭出声来时，他抚着肚子神经质地大笑起来，笑得眼泪都出来了。他摊开手给赵龙看，刀片还在手上，他刚才只不过耍了个花腔而已。赵龙非常生气，整整一天没再理睬他。不过赵龙是个不记仇的人，冯英杰哄了他一下，事儿就过去了。

冯英杰刚才涌现的恶作剧念头只是想看一下这个叫王培庆的日渐衰老的男人那硕大的生殖器如今变成怎样了，是不是像传说的那样被他埋的炸药给炸掉了睾丸。他对此充满了好奇。好奇心对冯英杰来说是要命的，他经常会被好奇心弄得心痒难熬。反正这会儿他也没想出杀死丁成来的方法，家里有那个残疾人在，他是下不了手了。既然暂时想不出法子，那就先在王培庆身上找点乐子吧。

冯英杰看到王培庆站在墙边一直打量着他。王培庆大概已判断出他是头。冯英杰说：

"看什么看？快把裤子脱了。"

王培庆的脸瞬间露出惊骇的表情。甚至赵龙都惊得合不拢嘴，疑惑地看冯英杰。冯英杰看到赵龙这德行，恨不得给他一耳光。

冯英杰脸上不自觉露出杀手的冷酷来。这表情或多或少震慑住了王培庆。王培庆听话地脱了夏天穿的西装短裤，他瘦弱的大腿白得耀眼，肌肤细腻，犹若象牙。最突兀的是三角裤中间突起的那团东西，仿佛那儿耸立着一座小山。

"把三角裤也脱了。"冯英杰说这话时脸色铁青。

王培庆这时倒镇定了下来，脸上露出冯英杰早年熟识的既疯狂又镇定的表情，有一种天不怕地不怕的劲儿。他脱了三角裤，用双手护着生殖器。

"把手放掉。"

王培庆犹豫了一下，放开了手。他像老外一样耸了一下肩。一定是好莱坞大片看多了，他以为在演戏呢。

现在王培庆的生殖器暴露在了光天化日之下。他妈的，传说是靠不住的，王培庆的睾丸还在，并且王培庆那玩意儿还像从前一样硕大，只是岁月使那东西变黑并且多了很多皱褶，原来乌黑的毛发中也夹杂了几丛白丝。无论如何这是个丑陋的东西，恶作剧也没有想象的好玩，冯英杰有点后悔玩这个游戏了。你无法找回童年的乐趣，就如他们那位自认为哲人的老板经常挂在嘴边的那话说的："人不可能两次踏进同一条河流。"这话冯英杰从来也没听懂过，这会儿倒有点摸到名堂了。

"穿上吧。"冯英杰带着厌烦的口气说。

赵龙由衷地松了一口气。见王培庆还愣在那儿，呵斥道：

"你还不穿上？你妈的有裸露癖吗？"

王培庆像捡到便宜似的迅速穿好了裤子。

"我以为你要把他阉了呢。"赵龙说。

"我也以为你们想阉了我。不过我不怕，我这把年纪还怕个屎，阉了就阉了，还有个屎用。我死都不怕，还怕这个。"

王培庆突然牛皮轰轰起来。这让冯英杰略感不快，他皱了皱眉头。

"我好像哪儿见过你，面熟，但我想不起来了。"王培庆指了指冯英杰。

王培庆陷入了沉思，仿佛在追溯往事。他脸上那种迷惑的表情看起来有点好玩。

"你怎么给逮起来了？犯错误了？"冯英杰问。

王培庆听了这话，很不以为然，他不无骄傲地说：

"我今天让半个永城交通瘫痪，出动了无数警察。"

冯英杰慢慢从王培庆兴奋的表述中知道了事情的来龙去脉。原来是这个家伙在闹事，怪不得早上中山路和解放路堵得水泄不通。看来王培庆如今是越来越疯了。冯英杰竟有点对王培庆肃然起敬了。他派了一支烟给王培庆，并亲自给他点上。

"你为啥这么干？"

这会儿，王培庆已经彻底放松了。他已经猜到他们对他并无敌意，站着也累了，索性一屁股坐到地上，说：

"我为什么要告诉你们？我凭什么要把事情讲给两个小偷听？"

赵龙听他这么说，很生气，想要狠踢王培庆一脚，被冯英杰拉住了。

其实王培庆早已憋不住想讲了。他讲起自己参与的这个案子，他在其中所起的作用，以及他英雄般的壮举。让他感到遗憾的是这个英雄形象现在几乎无人知晓。他因此对柯译予不无抱怨。柯译予在微博上从来都不提他，似乎在竭力撇清他。他多么想让全国人民知道自己的风采。

抽完第三支烟，事情的由来冯英杰都清楚了。他想，这世道抢钱都抢疯了，简直人人都成了杀手。同他们比，他这个职业杀手简直屁都算不上。

事情同原农药厂职工宿舍有关。那宿舍就在废弃的自来水塔北面。农药厂原来也在那儿，改制后已搬迁到江北。职工宿舍住的基本上都是原农药厂的职工，改制后工厂减员，他们大部分都离开了岗位。有一部分后来找到了别的工作，再就业了；大部分则一直窝在家里，靠社会低保度日。农药厂职工宿舍一直没有办过产权手续，原因很复杂，其中一个原因是这些下岗职工实在没钱，办理产权得付一笔在他们看来既不合理也不划算还暂时负担不起的费用。这事就一直拖着，因此理论上职工宿舍的产权还属于原农药厂。事情起因是有一家房产公司看中了那块地，涉及职工宿舍的动迁，因产权不属于住户，房产公司只同意补偿远低于市场的价钱。住户当然不同意，拒迁。这样僵持了半年。有天晚上职工宿舍突然失火，虽然及时扑灭了火灾，可还是烧死了一对中年夫妻。他们认为这是卑劣的阴谋，于是矛盾激化。住户们抬尸抗议，不但拒不搬迁，还要求严惩凶手。

听了这些，冯英杰认为王培庆谈不上什么英雄。他问：

"你也住在农药厂宿舍？"

"我？我不住那儿。"王培庆一脸不屑，"我早搬走了，没出息的人才住那儿。"

"你不住那儿你凑什么热闹？"

"我就看不惯现在的这些蛀虫，好好的国有企业摇身一变成了私有财产，现在又来掠夺他们的房子，还让不让人活了？"

王培庆又开始滔滔不绝起来。某一刻，冯英杰有点走神，他的目光掠过王培庆的脸，看到楼道转弯处的窗子外树枝在飘动，透过树枝能看到远处那自来水塔。无论如何回到西门街让他感到亲切，而他原本以为自己一点儿也不喜欢故乡的。他决定有空时再去爬一次那水塔。

"我同你们说，那帮人欺软怕硬，水塔那块地荒了都快三十年了，没人敢动，因为那是自来水厂的，水老虎，老虎屁股谁敢摸，否则给你停水。老百姓的东西他们就敢公然抢夺。这事我一定得管，我做过他们的工会主席，就永远是他们的工会主席。"

说到这儿，王培庆的脸上已是一副救世主的表情了。

19

回到家，小晖从冰箱里拿了一瓶可乐，倒到一只玻璃杯里，一口气喝了下去。她喜欢这种喝法，她能感受到那些碳水化合物在体内冰凉地沸腾的情形，它们在身体里钻来钻去，仿佛要从自己的肌肤里钻出来。冰凉占据整个身体的时候，她才松了一口气。她觉得自己放松一点了。

这会儿，寂静灌满了整个房间。小晖站在窗口看她的院子。盛夏的院子植物疯长，前不久刚刚除过杂草，现在又长了出来，缠绕在墙角及那些观赏植物的根部。绿萝开出了花朵，白色的花蕾像一支昆虫的尾巴，倒立在花苞中，棕红色在慢慢地蚕食花苞原本的绿色，在颜色交杂的过渡处，色泽十分迷人。小晖打了一桶水，打算灌溉一下这些植物。

她站在院子里，抬头朝窗内望，她看到自己的睡房里放着一部轮椅。她的心一下子提起来了。她轻轻来到睡房门口，看到床上躺着一个熟睡着的男人。

是丁家明。

小晖大气都不敢出。她都不敢相信，丁家明会出现在自己的房间里。这会儿，丁家明仰躺着，那两条不再听使唤的腿仿佛不是长在他身上，斜歪在一边。看着他一动不动的样子，小晖怀疑他是不是还活着。丁家明自杀的可能性是存在的，他曾试图自杀过一次。这个不祥的预感一直缠绕着小晖。后来，她看到由于他深长的呼吸而起伏的胸膛，才知道他只不过是睡着了。

自受伤以来，丁家明没再来过这儿。今天他为什么会出现在这屋子里？这和早上他出现在天桥有关系吗？

无论出于何种原因，丁家明来这儿，小晖感到高兴。她告诉自己："等会儿丁家明醒来，无论他的脾气有多坏，我都不能生气，我必须好好对待他。"

丁家明仿佛意识到有人正注视着他，醒了过来。他先是闻到一股香水味，然后看见了小晖。他几乎是惊恐般坐了起来，他看到小晖正对他微笑，脸上的笑容是他熟悉的温情，只是这温情里多了怜悯。

他有点儿惊恐，他没料到小晖这会儿会回来。他有一种自己心思被窥破了的恼怒。出于本能的掩饰，他迅速地把手伸向轮椅，然后试图把自己的身体移到轮椅上。小晖帮他时，他挣脱了小晖，由于过分激动，差点从床上跌下。

他十分懊丧，他竟然在小晖的床上睡着了，并且睡得这么死，连小晖回家都不知道。也许是昨晚一夜没睡的缘故。

午后，他深感无聊和焦灼。昨夜小晖和男人上床的幻想继续折磨着他。他就从家里出来。也许因为今天是小晖的生日，他不自觉来到小晖的住处。这里面有多少他和小晖的回忆啊。看着这小屋，他再也离不开了。他有小屋的钥匙。他想象着他们睡过的床上现在可能有了别的男人的痕迹，准备进去看看。

小晖的房间和一年前没什么两样。房间整理得干干净净，到处都透着小晖的气息。床单是淡绿色的，上面缀满了翠绿色的细花。他知道小晖喜欢绿色，那种植物一样的绿色。他爬到床上，用鼻子吸着，一股熟悉的只属于小晖的清香深入到他的肺部，令他分外伤感。这些气息唤醒了他的回忆。在这张床上他有过天堂般的快乐。令他宽慰的是床上没别的男人的气息。他仰躺在床上，心满意足地望着天花板。一会儿，他把目光移到右侧的墙上，墙上挂着小晖的照片，那是那次越南之行小晖的留影，小晖穿着墨绿色吊带衫斜倚在湄公河的围栏边，在一片灿烂的阳光中，小晖的小圆脸上有些微汗，笑意温情，随意扎结的马尾辫略有些松散，目光幽亮地看着前方，好像未来正在那儿等着她。这是丁家明最喜欢的照片，是丁家明建议小晖放大后挂在这屋里的。他发现看到这照片，还是心生暖意。这是时光的秘密，流逝的时光里总有些美好的事物若隐若现。也许是太累了，睡意不可抑止地降临了，照片上小晖的目光慢慢变成了一道雪亮的光芒，照入他的脑袋，在不知不觉中，丁家明安然入睡了。

他终于坐在了椅子上。小晖似乎被他弄得无所适从，但看得出她尽量在表达见到他的喜悦，她一直谦卑地微笑着，好像丁家明的到来对她是个恩赐。丁家明几乎本能地想逃离此地，但他觉得这样做的话毫无尊严可言。他不能让小晖以为自己来这里是在想念她。他不能如此丢脸。看着小晖脸上的盼望，他心里涌出强烈的破坏欲。他要把一切砸烂。

丁家明在小晖的小书架上看到了一把刀子。他一眼认出了这把刀子，是林远的。林远喜欢军事，他的家里藏着很多军事装备，都是他到各地旅游时从地摊上采购来的，除了枪是仿真的，其他甚至连手雷都是真的，他收藏有各式各样的匕首。他记得这把小巧而锋利的刀子是林远从越南的跳蚤市场购得的。

丁家明从书架上取下刀子，拔了出来。刀子寒光闪烁。丁家明的目光里露出残忍的光芒。

小晖见状，脸上一直努力保持着的勉强的笑容迅速消失：

"丁家明，你想干什么，你快把刀子放下。"

丁家明一脸讥讽：

"你害怕了？害怕什么呢？是不是以为我会杀了你？不会，你放心，你可以活一百岁。"

他撩起了自己的牛仔裤。小晖看到丁家明那日渐消瘦、变得如去了皮的木头似的苍白的双腿，一阵心悸，就好像她的心房正被丁家明手中的刀子刺穿。

"很难看是吧？但是是活的。不信？我证明给你看。"

丁家明说着，拿刀迅速地在小腿上划了一道口子。血一下子渗了出来。

小晖惊叫了一声：

"丁家明，你为什么要这样？为什么？"

"你看到了吗？它会流血，活着是不是？可是，你知不知道，它们已没有痛感了，它们死了。它们死了，你知不知道，你还想怎样？"

小晖拿来卫生纸，哭泣着替丁家明擦去血。小晖一边哭，一边不断重复着一句话：

"你为什么要对我这么残忍？你为什么要对我这么残忍？"

"小晖，你要明白，我已毁了，你能忍受得了这一切吗？你能一辈子守着我这个废物吗？"

"我愿意。"

"算了吧，小晖，还是找你的大叔去吧。不过，以后你不要再告诉我了，我们结束了。我今天到你这儿来就是想告诉你，你不要再打电话给我，我和你已没有关系，你有权选择任何男人。"

说完，丁家明把刀子掷在了地上，然后缓慢地向门外挪去。

丁家明走了，他远去的背影显得落寞而孤单，好像刚才的狂怒仅仅是一个幻影。小晖沉浸在痛苦之中。丁家明毁了。是她把他毁了。她是个罪孽深重的人。

有很长一段时间，小晖一边默默流泪，一边看着院子里的植物发呆。远处传来雷声，但天空依旧十分明亮，午后的阳光铺天盖地地铺洒在院子里。植物明暗对比强烈，在阳光无法照射到的地方，叶子呈现出鲜嫩的暗绿色，暗中的花朵似乎变得更为妖艳。小晖入定了一般，好像那些植物和花朵把她的思想带入某个幽深的只有她自己才能抵达的地带。她脸部有明显的暗影浮动。她已不再流泪，脸上的泪水干成了泪迹。思考让她止住了悲伤。

　　一会儿，小晖好像下了天大的决心，擦掉眼泪，给柯译予发了个短信。

20

这天下午，柯译予一共写了十三条微博，三条是关于时政的，其余的几乎全是只有他自己才懂的独白。其中一则是一首诗歌：

需要流一点血才能见到的明亮，
光芒深处的明亮，
天堂之门透出的明亮，
缠绕在手臂上美丽图案的明亮。

这首诗是贴给小晖看的。只有小晖能看得懂这首诗的意思。早上和小晖分手后，一无小晖的消息。他也不好意思再给小晖打电话或发短信了。

那晚，在朋友会所，柯译予送喝醉酒的小晖回家后，还是有点儿伤感的，当时他以为和小晖大约不会再有见面的机会，就此各自奔波在茫茫人世间。那晚以后的几天，他时常想起这个女孩。不知怎么的，想起她心里面就有一种暖洋洋的感觉。"是什么吸引了我呢？"他常常这样反问，"我怎么会无缘无故被一个喝醉酒的女孩吸引？"他自己都感到不可思议。他已经有七年没有这样的感觉了。

爱情起源于什么时刻？爱究竟是怎么回事？这些问题总是让柯译予茫然。他想起了米兰·昆德拉在《生命中不能承受之轻》里的话："比喻是一种危险的东西，人是不能和比喻闹着玩的。一个简单的比喻，便可从中产生爱情。"托马斯对特蕾莎的爱最初起源于这么一个想象：特蕾莎是一个被人放在涂了树脂的篮子里顺水漂来的孩子。

也许是那天晚上小晖毛茸茸的鸡仔的形象迷住了他。

柯译予没想到的是，三天后，小晖居然会打电话给他。（他不知道她哪里弄来的电话，后来他们熟识了之后问她怎么找到他电话的。小晖说，你是名流啊，要找个电话有那么难吗？）在电话里，小晖隆重地感谢那晚的帮助，说想请他吃顿饭表示一下。

饭当然还是柯译予请的。柯译予问小晖，想去哪里吃？小晖说，你很有钱是不是？那请我吃最好的吧。柯译予就说那去南苑吧，二十八层，可俯瞰整个永城。那天小晖不是单独去的，还带了另一个女孩，小晖介绍说是她的同事，叫王瓒。那女孩子比小晖丰满，一头长发，颇有风情。她显然很知道自己是讨男人喜欢的，整个吃饭的过程一直在散发魅力。小晖微笑着在一旁观察，眼光显得既调皮又遥远，好像她置身事外在看一出好玩的戏。

中途柯译予离席上了一次洗手间。没走多远，他就听到两个女孩在窃窃私语。王瓒说，大叔不错哦，蛮有风度的。小晖说，你想勾引他？王瓒说，你让给我？小晖说，他同我有什么关系啊？

这顿饭吃得十分漫长。其间，柯译予说了几个他碰到的比较奇异的案子。其中一个是发生在一年前的离奇殉情事件：两个殉情的男女（各有家室），在赴死的路上发生了冲突，结果自杀不成，反倒反目成仇，女的以贪污罪把男人（公务员）送上了法庭。王瓒听后唏嘘不已。

吃完饭已是晚上十点多了。柯译予要送两个女孩回家。上了车，小晖说："你先把我送回家，然后再送她。"柯译予也没吭声，问了小晖和那女孩的地址，然后就驾车穿行在夜色中。一会儿，小晖发现柯译予还是先送了王瓒回家。

小晖坐在柯译予的副驾驶上，大大咧咧拍了拍柯译予的肩说：

"大叔，你怎么这么傻啊，给你机会你都不抓住。"

"哈，我想和你多待一会儿不行吗？"

"算了吧，尽说的好听的，不知你心里在想什么呢。"

柯译予看到夜色微光下小晖的脸上浮现出淡淡的笑意。

这之后，他们会发短信相互问候。有时候柯译予有什么饭局也会问小晖愿不愿意一起去。"我去干什么啊，我又不认识你的朋友。"小晖说。但最终小晖还是去了。令柯译予不快的是小晖到了饭局上，就和别的男人打情骂俏，把柯译予冷落在一旁。有一回，在K歌厅，小晖和一男人手拉着手，对唱着情歌，唱着唱着搂在了一起，还跳起舞来，身体几乎完全触碰在了一起。那次，柯译予真的受不了啦，心堵得慌，出了包厢外，大口大口吸气。那晚，送小晖回家时他一直黑着脸，没说一句话。这时，小晖伸手握了握柯译予的手，说，你生气啦？柯译予突然有点委屈，说，你是我带去的女孩，你怎么可以这样羞辱我？小晖说，我又不是你女朋友，为什么不能。柯译予说，算了，当我自作多情吧。小晖一直握着他的手，好久才温柔地说，好吧，我以后注意点。

　　柯译予感到小晖是不可捉摸的。有时候柯译予觉得自己是吸引小晖的，否则小晖干吗老是和他一起玩呢？但更多的时候，他又觉得小晖似乎一点也不在乎他。每次在聚会时，小晖依然故我，经常喝高，喝高后和男人们嬉笑怒骂，和陌生男人时有亲密举动。对此，柯译予非常失望。"我这又是何必呢？这样的女孩值得我为她难过吗？"每次他都发誓下次不再带小晖，可他自己都闹不清，一有饭局他都会想起小晖。

　　柯译予活到四十多岁，也算是阅人无数了，他对女人几乎有一种本能的直觉，他的直觉总是在他行动前已抵达女人的最深处，而且每次都是对的，几无失手。他因此非常相信自己的直觉。但在小晖面前，他的直觉失灵了。小晖在他的经验之外。

有一天，小晖白天去见了男友，和男友吵了一架，心情不好。小晖主动打电话给柯译予。"我现在很难过，你在哪？"小晖在电话里说。那一次，小晖在十分崩溃的情绪下，讲述了自己曾有过的对男友的背叛行为。她讲了那次越南之行，讲了自己一念之差和男友的好朋友发生了关系。小晖说这些时，她的脸被某种罪恶感所扭曲，好像她的背叛和男友受伤有直接关系。小晖忍不住哭泣起来。"我是个很坏很坏的女人。"她神经质地自我审判。

这一次柯译予真正被小晖打动了。他对小晖产生了一种保护的冲动。他想，他何尝不是罪人。他想起了自己的女儿。八年前，在他和前妻离婚的时候，在极度混乱和厌烦的状态下，他对一直站在妈妈一边的女儿说，我生了你，是我此生最大的耻辱，我希望这世上从来没有过你这个杂种。他多么后悔当年说出这样的话。从此后，他知道他永远失去了女儿。

那次小晖倾诉后，有一个星期无影无踪。柯译予打电话、发短信给她，她都没接，也没回短信。他非常疑虑，也非常痛苦。在小晖那里，他们之间的关系似乎是随心所欲的，是随时可以结束的。这让他非常伤心。

但不管怎样，小晖的存在让他感到充实。他的生命像是被刷新了一样，世界因此变得焕然一新，光华笼罩。他承认这种对小晖的精神上的迷恋比起肉欲来要更严重也更复杂。

21

下午，美娟买来冷饮和水果。这是律所为了给大家创造交流的机会而做出的比较人性化的内规，空闲时，美娟就会去采购一些水果及糕点，有时候甚至还会买瓶香槟之类的酒水。这是律所最热闹最放松的时刻。大家聚在一块，会聊一些轻松的事，或彼此开一些玩笑。柯译予看到美娟左边的位置空着，就在美娟身边坐下，埋头吃了一块西瓜，对美娟说：

"早上的事对不起啊，美娟。我脾气是不是越来越臭了？"

美娟脸红了，但她装傻。

"早上什么事啊？我怎么记不起来了啊？"

柯译予说：

"真是贵人多忘事。"

老袁插话了，调侃道：

"老柯啊，你对美娟这样的美女都横眉冷对，我看你到更年期了，你要好好自我检讨一下。"

"你们别说我啊，别都拿我开心，我可不是你们的开心果。"美娟抗议。

"哪里啊，我看老板是越来越年轻了。我今天看老板的微博，还贴首诗歌呢。老板，你是恋爱了还是失恋了啊？"一个年轻的律师说。

"老柯在微博上贴诗？"老袁一脸迷惑，然后断然说，"简直疯了。"

柯译予发现把手机忘办公室了。他有些惦记。他刚贴了诗歌，万一小晖看到了心血来潮给他电话了呢？他拿着一块西瓜，回办公室取。

果然，手机上有小晖的一则短信。小晖终于来短信了。他内心一阵狂喜。他想，看来，小晖并没有从他身边溜走。

小晖：你在干吗？我今天不高兴。

柯译予以为小晖在解释早上堵车时弃车而去这件事，回道：正吃西瓜呢。早上有人捣乱，不可抗力。

小晖：你倒是开心。我今天不高兴。

柯译予：你怎么啦？在哭吗？

小晖：哭完了……大叔，你有罪吗？

柯译予不明所以，有点摸不着头脑。小晖是什么意思，他昨晚上并没动她啊？那她为什么用这种口气说话？她在审判他吗？也许他真的是个罪人，不过小晖也许仅仅是开一个玩笑。人生在世谁能无过？

柯译予回了一条：我是个罪孽深重的人。我不可救药了，你能拯救我吗？

小晖：你还有救吗？我又怎么拯救你？

柯译予：只要让我看到你，就可让我变得纯洁一些。

柯译予被自己的言辞迷住了。他的眼前又出现小晖那小鸡仔的形象。他多么希望自己也像个毛茸茸的少年啊。

小晖：你们大叔最擅长的就是骗小女孩，谁信。大叔，你不是少年了。

他对小晖的讥讽感到委屈。一种无人理解的孤独感和自我怜悯涌上心头。

美娟来柯译予办公室外张望。美娟回头对大伙说，他发短信呢。那边传来同事的声音，看来老板真的在谈恋爱了。接着传来哄堂大笑声。美娟抱怨说，你看，你西瓜也没吃，西瓜水都落到地板上了。柯译予说，没事，你去吧，我有事儿。美娟带着若有所思的茫然的表情走了。

手机又震动了一下，小晖又来信息了：大叔，怎么没回我短信？受伤了？

他喜欢小晖这种腔调，但同时这腔调又让他有点恼怒。无论如何这腔调明示了他们之间的关系：小晖看穿了他，她控制着一切。"我竟荒唐到让一个小女孩掌控一切。"他迅速回了她：不要油腔滑调地和我说话。

小晖：推荐你玩一个游戏，叫愤怒的小鸟。你现在正合适。

他感受到其中的亲昵。他笑了。他回道：我正在玩。

很长一段时间，手机无声无息。小晖好像突然失踪了。这让他有点儿失落。他开始大口吃西瓜，好像这会儿他恨不得把世上所有东西都吞到肚子里去。吃完西瓜，他去一趟洗手间，把西瓜皮掷到垃圾桶里。

回来时他看到小晖终于进来一条短信：晚上有空吗？你来接我。

他注意到小晖这次没有用"大叔"这个称谓。没这个称谓让柯译予迅速有了一种庄重感。这是他渴望的、和小晖之间应该有的感觉。不过他想，这也许仅仅出于他的自我需要，一种只属于他然而小晖浑然不觉的诗意想象。

和小晖短信后，柯译予踏实了。他又来到大伙儿中间。这时，柯译予的手机突然铃声大作。柯译予吓了一跳。从口袋里拿出来一看，是一个陌生的电话。他接通。柯译予一直没吭声，但脸色变得十分难看。最后说了一句"那好，去畅和吧，那儿合适"，就挂了电话。

"谁的电话？"老袁问。

"派出所。丁警官。"

"丁成来？"

"是。"

老袁不再吭声，脸上出现一种类似债主的表情，好似柯译予欠了他一屁股的债，老袁的表情仿佛在说：

"不听我劝是吧？瞧，这下麻烦真的来了，你这样对律所是很不负责任的。"

22

本来丁成来要来律所和柯译予"交流"（丁成来电话里就用了这个词）的，但柯译予看到老袁那张债主似的脸，决定去外面谈。他选择了律所与派出所中间的畅和茶馆。

柯译予到畅和时，丁成来已到了，还订了一个小包间。午后的畅和茶馆生意清淡，收银台上的姑娘一脸倦容，看上去快要睡着了。

同上次不一样，这次丁成来还带了个年轻的警察来。大概这次属于公干了。不过他俩都穿着便衣。因为原先认识，丁成来相当客气，脸上布满温润的笑意，简直像是见到亲戚。那小警察倒是不苟言笑，仿佛他正在执行一项重大的任务。他们握手，稍稍寒暄几句。"不好意思，打扰你了。"丁成来客气地说。柯译予坐下，叫来服务员，要点茶。"我们都点好了。""是吗？还是我来吧，我请你们。"

柯译予本是个急性子，这天他因为大致猜到丁成来的来意，所以就铁了心,要是丁成来不主动提"交流"的内容,他就不问,哪怕他们一直谈天气,也这样闲聊下去。

丁成来问了一下律所的情况,夸律所"著名",说很多他抓住的罪犯都想请明星律所介入或替他们辩护。柯译予客气一番,说,还有这种事?倒是第一回听说。丁成来说,柯律师客气了,你是名流,一言一行影响大,这不,我们都要找柯律师商量事儿,希望柯律师多多包涵,多多配合。

终于要转入正题了。柯译予一直看着丁成来,目光直率而粗野。

"今早上的事,柯律师听说了吧?"

因为上午看了柯译予的档案,丁成来觉得这会儿看柯译予就好像是赤身裸体站在他前面。他不自觉地居高临下了。

"堵车的事?知道,我当时也堵在那儿,在车上骂娘呢。"

"是吗?"

"是。"

"你事先知道吗?"

"丁警官,同我没关系,一丁点儿关系也没有。我知道你们认为同我有关系。"

"王培庆说他代表你。"

"他这是一厢情愿。他是自己瞎掺和进来的。他在害我。"

"这事我们不讨论了。让我暂时相信你的说法吧,柯律师。但这事儿不能这样闹下去。不能为了一小众人的利益损害到广大群众的利益，损害到整个城市的利益。"

"什么叫暂时相信，根本同我没关系嘛。"柯译予有点控制不住自己的情绪了，声音里带着恼怒。

"好吧。我们信相你。"

柯译予知道丁成来根本没相信。他有些气馁，不再说话。他看到边上的警官一直在记录，很生气，这是在审问吗？

丁成来仿佛知道柯译予的心思，让年轻警察不要再记。

"这样吧，柯律师，我们也不绕圈子了，有话直说吧。我们今天来没有别的目的，只是想同你商量一下，我们希望你退出农药厂的案子。我们都知道你是个有正义感的律师，这一点我私下里很敬佩。现在这个社会，正义感太稀缺了，这方面你堪称楷模。可是你也知道，正义感有时候并不是普遍适用。在目前情形下，像农药厂这个案子恐怕光凭正义感是不行的。我的意思是，你即使退出，你也可以充分放心，政府方面会督促房产公司，确保先前谈判好的条件的落实，明白吗？我们还希望你退出后，不管发生什么事都不再在网上谈这件事。"

柯译予几次想打断丁成来。他是耐着性子才听完的。等丁成来说完，他断然说：

"这事没有任何商量余地。我绝对不可能退出这案子。"

都沉默了。好长时间茶室包间里没有任何声音。傍晚的阳光从窗口射入，正好打在柯译予的脸上，柯译予看起来有些焦灼和烦恼。走道上传来钢琴声，那是茶室播放的背景音乐。

"知道李庄案吗？"那小警察突然说出惊人之语。

丁成来马上制止了那小警察。

柯译予火了：

"你们这是威胁吗？"

丁成来瞥了一眼柯译予，内心涌出一些悲悯来。这些自以为是的知识分子，他们以为自己真的是英雄，只知道言语逞能，其实一到来真格的，统统都趴下，变成了狗熊。李庄不就是这样吗？

"你可能不知道，我已做了二十五年警察了。"丁成来突然转了话题，"做我们这一行别的没长处，但知道社会是什么样子。俗话说得好，林子大了，什么鸟都有。就好比犯罪，一代一代，永远也不可能断绝。社会上的事从来不会干干净净的，有时候也没道理好讲。所以，我从来也不相信什么大道理，共产主义大道理更不用说了，根本就不信，人哪里会简单到可以实现共产主义。说实在的，别的道理我也不信。我说这些，你们知识分子可能要笑话，但这是我的多年的经验，我当然欣赏像你这样有理想的人，可事情比你我想象的要复杂得多。"

柯译予听出来，丁成来讲的这套貌似有理，其实只不过是国情论的翻版。他平时最厌恶的就是这套说法，好像中国人是地球上的异类，根本不配过上人的日子。他忍不住说：

"那我们难道眼看着这条船沉没吗？"

"你觉得会吗？"

"我很担心。"

丁成来发现这个话题让柯译予兴奋起来。至少比刚才兴奋多了。好像他们今天见面就是为了在这一问题上辩论一番。他听到柯译予正带着他一贯的真诚及略为夸张的表情谈论目前中国社会的各种问题。这些问题人人都知道，但柯译予以为只有他发现了。丁成来觉得即使像柯译予这样还算清醒的人都没有一点点现实感，他们天真地以为这个社会即将会来点儿变革，来点儿法治。都是无稽之谈。再一百年吧。虽然丁成来对现在的社会管治方法有诸多看法，但凭他对民间的了解，他知道这个社会如果失控，一定会血流成河。他打断了柯译予：

"柯律师，你其实要从积极方面理解我们商量的事，这对你只有好处，没有坏处。"

"这事没有什么好商量的。"柯译予的态度十分坚决。

丁成来不想再和柯译予谈了。该说的他都说了，简直是苦口婆心了，柯译予不听也没办法，后果只能让柯译予承担了。丁成来站起来说："柯律师，很遗憾，那只好这样了。"柯译予也站起来，不过心里忽然觉得有点虚，好像什么东西突然悬在头上，却不知道是一块石头还是一只气球。他不自觉地朝天花板望了望。黑色的木质天花板像剧场开演前的幕布，所有的戏剧都隐在那幕布背后，构成一个致命的悬念。柯译予要买单，丁成来说他们已付过茶水钱了。丁成来和小警察送柯译予下楼。楼下的院子里停满了车。丁成来在一辆绿色的普拉多前停下来，仔细观察。柯译予说，是我的车，开了好几年了，都旧车了，不过性能不错。丁成来点点头。

柯译予上车后心情变得很恶劣。他在心里骂自己，你怎么像个傻瓜一样，怎么会和一个警察大谈政治呢？柯译予为控制不住自己的舌头而厌烦自己。

他看了一下表，已到了吃晚饭的时间。他决定先去接小晖。

23

　　冯英杰和赵龙放走了王培庆后决定去废弃的水塔看看。一路上，一向沉默的冯英杰话多了起来，讲的都是童年那点事，包括炸王培庆睾丸这件事。这让赵龙十分开心，也无比放松。赵龙觉得冯英杰说话时最可爱，冯英杰话多时简直像一个叽叽喳喳的村姑（赵龙自己也没料到会从冯英杰身上联想到村姑，不过他确实喜欢那些傻里傻气的刚来城里打工的村姑）。整个下午，冯英杰再没提杀丁成来这事，他怀疑冯英杰已把这事忘了，或压根儿不想再杀那个警察了。说实话，赵龙不想杀那个警察，杀一个警察可不是玩儿的。

　　走在西门街上，冯英杰显得相当兴奋，毕竟他太熟悉这个地方了。他突然想起十三岁时，经常和伙伴们爬到那个寡妇家的窗口，偷看她洗澡，她的两个胸脯是他至今见过的最好看的胸脯。那寡妇是唱戏的，那会儿他差不多爱上了她。不过她生活很乱，有很多男人。这令他十分鄙视。然而，每次看到她上台唱戏，他就原谅了她。舞台上的她是多么光彩照人，她的形象无端让他想起天空飞过的羽毛。

路过汉龙酒店时，冯英杰停了下来，犹豫了一会儿，然后转到汉龙酒店后面的小巷。那儿有一幢两层小楼，是中式老房，隐藏在大厦的后面，年久失修，破败不堪。冯英杰指了指那屋子，说，我家。赵龙不解其意，以为冯英杰要进屋，但冯英杰转身走了。

"不进去看看？你家里没人了吗？"

冯英杰没吭声，刚才的好心情似乎顷刻间消失了。

一会儿，他们终于爬上了水塔。站在水塔上，两人鸟瞰四周。水塔建在护城河边上。这一带过去是田野，现在基本处于荒废状态，河边杂草丛生。西门街就在桥的那一边。西门街的老房子快拆完了，拔地而起的是一个个新居民小区，房子一幢一幢紧紧地挨在一起，仿佛它们像人一样喜欢扎成一堆，否则会感到寂寞。

水塔上风很大，冯英杰的长发吹乱了。赵龙理了个光头，站在一边。这会儿，赵龙敞着衫衣，脖子上露出一根粗大的黄金项链，一副很老卵的样子，不过脸上的表情依旧透着难掩的幼稚。

"改变很大。"冯英杰说。

"什么？"赵龙不解其意。

冯英杰没回应。他绕着巨大的水塔来到北面。他看到农药厂的职工宿舍从水塔上看小得可怜，像一堆鸟粪一样散落在北边。他皱起了眉头，脸一下子变得漆黑。王培庆说得没错，这水塔简直霸道，高高地挡在农药厂宿舍的南面，像一座小山挡住了他们的阳光。冯英杰突然涌出一个灵感:他要炸掉这个水塔，这样可以警告并震慑欺负那些住户的人。同时他也想出了解决丁成来的办法。他觉得这个办法好，简直是一举两得。

赵龙看到冯英杰的脸色，他意识到冯英杰并没有忘记杀丁成来。他再次忧心忡忡起来。

傍晚，冯英杰带着赵龙来到汉龙酒店后那老屋。冯英杰看看周围无人，要赵龙蹲下来，然后一脚踏在赵龙肩上，让赵龙扛他起来。两个人的身高足以够着二楼的窗了。二楼的窗没有窗栅。冯英杰顺利地推开了木窗，然后爬了进去。

赵龙被留在了外面。整整一个小时，冯英杰待在屋子里没再理他。他不知道冯英杰在里面干什么，用耳朵贴着墙壁，破屋里没传来任何声音。酒店那边似乎很热闹，不断有隐隐约约的卡拉OK声随风飘来。附近居民家的窗口都亮着灯光，只有这里漆黑一片。天空突然响起了雷声，十分响亮，赵龙吓了一跳。他一时有点恍惚，好像冯英杰变成了鬼魂，消失了。

一个小时后，冯英杰从那窗口爬了出来。但他身上多出一包炸药。赵龙看得心惊肉跳。难道冯英杰想制造一起爆炸案吗?他觉得冯英杰疯了。

"里面找来的?"

"我爹以前是爆竹厂的，家里什么装置都有。"

24

　　柯译予在公园路口接上小晖，然后带着她去吃饭。小晖就住在附近，每次他送小晖回家，小晖都从这儿下车。不过小晖没告诉他她住的地方。

　　坐在柯译予的车上，小晖看到挂在车内后视镜上的一尊铜质小佛像在左右晃动。几乎每辆车都有平安符。人真是可笑而脆弱。小晖仔细观察着柯译予，发现柯译予今天的脸色不好，没有一点笑意。小晖也没说话，在边上观察他。天色已暗，车内的光线很不好，从侧面看去，柯译予的轮廓比正面要秀气一些。他的额头和鼻子构成的轮廓线十分舒展，几乎浑然天成。他的下巴过大，向外翘着，看上去有点像列宁。她发现他身上的匪气就来自这个下巴。这个下巴让这个人看起来有点儿攻击性。

　　"怎么了？你也心情不好啊？"

　　"没事。"

　　"肯定有事。"

"这社会，他妈的越来越无耻了。"

"怎么了？大叔，你混得不错，还这么仇恨社会。"

"你说怎么会有这样的人？怎么会像一只狗一样对组织忠心耿耿？"

"忠诚是美德啊，你说谁啊？"

柯译予简单讲了丁成来威胁他要他退出农药厂案子的事，然后恶狠狠地骂道：

"狗娘养的丁成来。"

"停车。"

"怎么啦？"柯译予不解。

"停车，让我下去。"

"你莫名其妙嘛。"

小晖去扯拉柯译予。柯译予赶紧刹车，勃然大怒。

"你这人怎么这样？这样多危险，差点撞到人。"

"不是没撞着嘛。"

"要是撞着了怎么办？"

小晖盯着他，目光深邃。柯译予软了下来。

"你别下去。对不起，今天心里烦。"

"你以后不许说丁成来坏话。"

"怎么了？你和丁成来认识？他是你什么人？"

"不认识，但我听说他是个好警察。"

"是吗？丁成来名气挺大的啊。"

小晖不想再和他说一句话。她打开车门，要跳下车去。柯译予一把拉住了她。

"好好好，我不再说丁成来。就算我刚才是气话。丁成来是个好警察，好了吧？"

同时他嘀咕了一句什么。小晖没听清，但她断定一定不是什么好话。不过她不想再计较这事了。说实在的，她根本不想真的跳下去，只是装装样子而已。她知道柯译予会拉住她。

他们找了一家海鲜店，没有包厢了，就在大厅找了两个人的座位。柯译予发现小晖的脸色还没有缓和过来，问，还生气啊？

"是啊。今天我心情不好。"

"出了什么事啊？"

小晖没讲今天和丁家明之间发生的事。她严肃地问柯译予："我好看吗？"

"好看……谈不上，但你很干净，反正吸引我吧。"

"是啊，我也觉得我并不好看啊，可奇怪的是总是有男人喜欢我。有一个男人天天给我送花，都烦死了。我让他不要来，可他今天又来了，还当着我的面扎伤了自己的腿。"

小晖这样撒谎的时候，脑子里浮现的是丁家明。她掩面而泣，仿佛有无尽的苦痛。

柯译予不知道怎么劝。这会儿，他有点怀疑自己是不是也是小晖众多烦恼中的一个。

一会儿，小晖抬起头来，说了声"对不起"，然后起身上洗手间整理去了。

因为要开车，柯译予没有喝酒。他和小晖都点了鲜榨黄瓜汁。柯译予喝了一口。他注意到不远处的那一桌，一家三口在吃饭。女人一直在低头发短信。那男人黑着脸，忍不住问，你给谁在发啊？女人没吭声。那孩子大概五六岁，一直不太安稳，一会儿他用汤匙敲击着盘子，一会儿他把一条鱼倒到三鲜汤里。那男人显然生气了，抓起男孩的后颈，打男孩的屁股。男孩当即大哭起来。女人说，你怎么啦，怎么打孩子啊。

在靠墙的双人座上，一位长发中年男人捧着一位年轻女子的手，在给她看手相。女子已被男人说得神魂颠倒。多年前柯译予已注意到，女人真的是容易控制的动物，她们总是喜欢神秘的事物，喜欢探听一切关于命运的秘密。一些装神弄鬼的人就是利用女人的这个弱点而玩女人于股掌之中。

观察到这一幕幕人间喜剧，柯译予深感人生的无聊和虚空。

这天，小晖和柯译予心情都不佳。他们匆匆吃完了饭。柯译予埋单后问小晖：

"接下来去哪儿？我送你回家？"

"不，我想去你那儿。"

柯译予吃惊地看了看小晖。他怀疑自己听错了。

"没听见？"

"听见了。你可要想好了。"

"难道你会吃了我吗？"小晖不以为意地说。

汽车又启动了。突然打起了闷雷，仿佛在头顶上炸响，听起来有点古怪。每一声雷都拉得很长，最后的尾音听起来有点破碎，好像苍穹是一面破锣，有人狠狠地砸了几下。小晖突然想起小时候看戏的情形，小晖的父亲时常带她去剧院看排练或看演出。她喜欢站在戏台边看乐队演奏。那时候，她特别喜欢那个敲锣的叔叔。他在乐队中显得特别投入，总是摇头晃脑的，每敲一下都要浑身震颤一下，好像刚刚排出小便的余净。锣是戏的魂，是戏的指挥，那些角儿总是等他敲够了，踏着点儿出来。如果雨是角儿，那雷就是那角儿出来前的锣鼓点。

小晖抬头看了看天空，夜晚的天空漆黑一片。雷雨前的空气已有点儿湿润了。她的肌肤一直很敏感，这段日子艳阳朗照，肌肤干燥，这会儿舒展了开来。

柯译予家住在城西的一个高档小区里。小区的绿地比别处多些，小区的房子也不高，每幢只有五层，掩映在一片绿色之中。房子外墙漆成暗红色，看上去有一点点荷兰风情。没错，这小区应该是仿荷兰的，因为这会儿小晖看到小区广场上一架巨大的荷兰风车矗立在夜色中。

柯译予家的客厅特别大，装修成黑白两色，家具也是，看起来像极简主义作品，显然柯译予花过不少心思。屋子整得很干净，一如柯译予平时的仪表。平时柯译予喜欢穿黑色服装，选料讲究。柯译予曾对小晖说过，人必须有属于自己的可辨识的造型，这样别人会一下子记住你。律师这一行有时候靠的不是法律，而是你有没有"律师型"。

"我家就是这个样子，你有什么感想？"

小晖没吭声，一直看着柯译予。

"你为什么这样看我？我很奇怪吗？"

小晖不知所以地笑了笑。

柯译予没想到小晖会主动投入他的怀抱。因为意外，他表现得像一个不解风情的人。后来，他终于回过神来，心里一阵激动（甚至有一点点感激），不过他显得很小心，试探着吻小晖的额头。这时，小晖仰起了脸，一下吻住了柯译予。柯译予愣了一下，热烈地回应小晖。他身体里的欲望就唤醒了，感到一股热流涌向脑门。他一边吻着，一边抚摸小晖的身体。小晖开始脱自己的衣服。一会儿，小晖就赤身裸体地站在他的面前。她显得一点也不忸怩，即不骄傲，也不害羞，好像她对自己的身体毫不介意，天生如此。他这是第一次看到她的身体，他无比爱怜地打量她，她真的是个小女孩，散发着少女的气息。她肌肤细腻，身材细小，两只精致的乳房圆润地恰到好处地出现在该出现的地方，他觉得他的手可以整个握住它们，但他有点舍不得动它们。他亲了亲小晖的脖子，然后抱起小晖，向房间走去，把小晖轻轻放到大床上。

整个过程柯译予非常温柔。小晖的头脑却有点纷乱。她竟奇怪地想起童年时在戏院的情形。那些后台的戏子，在演戏的间隙总是挑逗乐队的男人，试图让他们荒腔走板。她们故意不穿好戏服，露出内衣小兜，一副风情万种的模样，男人免不了心猿意马，待戏一演完，就收拾她们去。当年有一个戏子喜欢小晖的爸爸，小晖因此对那些戏子非常抵触。她想，她当年的道德感是多么强啊。如今她早已明白，人生在世，谁又不是戏子呢？都在演自己那一出而已。

做完后，柯译予沉沉地睡了过去。小晖悄悄地起了床，衣服刚才脱在客厅。她来到客厅，把衣服穿好。然后，她来到床边，静静地看着熟睡中的柯译予。这会儿柯译予看起来像一个白痴，平时那双炯炯有神的眼睛被掩盖在眼帘之下，脸完全松弛下来。熟睡中的柯译予令小晖觉得陌生。

25

雷声出现的频率比刚才要低得多，声音也轻了些，仿佛雷声被推到了遥远的天边。天下起了雨，在窗外夜色的映照下，小晖看到雨珠打在玻璃窗上，形成细小的水珠。远处有一些霓虹灯在雨中闪烁。

今夜和丁家明出事那天的雨夜是多么相似。那个该死的雨夜发生的一切断送了丁家明和小晖的生活，从此那个雨夜成了小晖永远绕不过去的噩梦。

从那天起，小晖满怀愧疚的心情，一直在寻找撞丁家明的车主。丁家明的父亲也在找。丁成来约小晖问起过当时的情况及那辆车的特征。由于事发时小晖处在惊骇中，小晖当时的思维有片刻的中断，所以她对自己留在脑子里的关于那辆的印象也不敢太肯定，她叙述的那辆车的特征最后连丁成来都无法相信。

那个撞了丁家明的车主一直没有找到。作为警察的丁成来也没有替儿子破案。不久，小晖排除了林远雇车撞人的可能性。

她约了林远几次，林远的表现没有任何不正常。有一次，小晖忍不住说出了自己的怀疑，林远听了，竟然捧着肚子大笑起来。小晖那段日子正在悲伤中，林远这样笑令她非常恼火。后来很长时间，她都没再理林远。

窗外的雨越下越大。玻璃窗被雨打得啪啪作响，聚集的雨水沿着玻璃往下流，如一条奔腾的河流。远处的城市在瓢泼的雨水中显出一片迷蒙。城市的灯光比以前暗淡了，被水汽包裹，犹若上世纪初的一盏盏煤气灯。持续不断的雨声并没有惊醒柯译予，相反雨水好像是一注催眠剂，让柯译予进入了更深的梦乡。这会儿柯译予发出深长而光滑的鼾声。他的鼾声让他看上去有一种无辜的气质，好像眼前的这个男人毫无心事，一切都向她袒露着，纯洁得像一个儿童。这让她略有些迷惑。

小晖拿起放在沙发上的包，从里面取出一把刀子。今天下午丁家明就是用这把刀子刺伤了他自己。

她握着匕首时，双手不由得颤抖起来。她对自己很不满。她咬了咬牙，让自己镇定些。

有一天傍晚，一辆绿色的普拉多从她身边开过，她看到车窗里面晃动着一个铜质小佛像，小晖的心一下子提了起来，恍若回到了九个月前的那个下雨的晚上。那个雨夜，丁家明被撞后，她一直处在迷乱之中，她事后记不清那辆车的模样，只记得那车在撞人后犹豫地停顿了一下，当时正好有一束光线（不知是路灯还是闪电）从挡风玻璃上射进来，小晖透过侧窗，看到一个铜质的小佛像在剧烈地晃动。她对图像的记忆非常强。是的，就是这个小佛像，一模一样。小晖几乎没有思考，拼了命地追逐这辆车。

九个月来，小晖为了寻找那个撞伤丁家明的人，经常漫无目的地行走在这个城市，看到每一辆普拉多越野车，都会驻足留意，但这个城市太大了，有太多这种车，她这种死方法简直是瞎子摸象。她一无所获。

那车开得太快了。没一会儿，那车就在四明路转弯处消失了。她来不及记下车牌号。那天，她迅速穿越三条马路，追寻那辆车，但一无踪影。小晖跑得上气不接下气，只感到自己的五脏六腑都在翻滚。后来实在没了力气，她抚着肚子，无力地靠在墙上。

有一个星期，她每天在那路上等待那辆车再次出现。凭推理，每个开车的人都有他习惯的路线，一般来说其行车路段和他的生活、工作或交友密切相关，很少是偶然经过。

耐心的等待终于有了收获，当那辆车再次经过时，她记下了那车的车牌。接着，她弄清楚了那车主。他叫柯译予，明星律师事务所主任。她在律所停车的地方仔细察看过那辆车，那铜质佛像挂在车内后视镜上。小晖试图发现撞人的痕迹。那事已过去了九个月了，怎么还会留下痕迹呢？小晖开始远远地观察过柯译予，他或多或少有种人生得意的派头，看上去有点儿自大，脸略有些黑，不过保养得很好。她对他的第一印象就是此人是个不讲理的家伙，他做出那样不道德的事完全有可能。

后来，她发现他在网上非常活跃，几乎每天在微博上对社会上出现的热点事态发表看法。作为一个资深网络员工，她知道所有喜欢上网的人，总是会在网上无意中留下痕迹，真相就在这些痕迹里。小晖研究了柯译予在网上的所有言论，网络上呈现的柯译予的形象和她所见略有不同。在网上，柯译予清新、优雅、理性又不乏尖锐。对很多事，他三言两语就能击中要害。

小晖特别关注丁家明被撞那天即 2010 年 9 月 27 日前后柯译予的微博。小晖发现，这段日子柯译予的微博确实有点儿怪异。9 月 27 日晚上，柯译予写下这么一句话：

从此后，我将不得安宁。

那段日子，网络的热点是一种叫银翘片的药品的事件，服用这种药品可能导致肝脏损伤并有可能让人休克。这句话被网友认为是柯译予服用了这种药而进行的自我调侃。

但小晖认为这完全是柯译予真实心情的自然流露。是的，这天晚上，这个人撞了丁家明，然后逃逸。事后，他一定非常惶恐，于是写下了这句话。

之后两天，柯译予一直都在评论药品事件。直到 9 月 30 号，柯译予写下这样一句话：

　　过去了三天。没有任何信息。也许什么事都没发生。

　　这句话，依旧被网友认为是柯译予用反讽的手法在要求真相。这条微博被转载时，网友一致地用"求真相"三个字，排成了长长的队列。

　　小晖几乎认定柯译予就是那个肇事者了。当然单凭这两条微博不足以定柯译予的罪。她得想些办法，让柯译予认罪。

　　那天在湖西的会所，她就是为了柯译予去的。她原本以为接近柯译予会比较艰难，没想到柯译予一开始就喜欢上了她。那天晚上，柯译予的目光一直没有离开过她。自从丁家明出事以来，她非常颓废，意志消沉，经常不由自主地喝醉。她自己都讨厌自己这个形象。可是，这世界是多么奇怪，柯译予似乎就喜欢那个不着调的自己。

　　开始的时候，小晖没想着和柯译予有深入的瓜葛，她只是想在和他的言谈中找出撞人的证据，最终把柯译予告上法庭。一天，小晖坐在柯译予的车上，问柯译予，大叔，你这车有没有撞过人啊？当时柯译予车子一阵晃动，差点撞到一个抱着孩子的保姆模样的人。那女人紧紧护住孩子，用自己的身子挡车，好像她的肉身足以承受这车子的撞击。柯译予猛然刹车。他惊魂未定，怒斥小晖："请你在车上不要说这么不吉利的话好不好？要应验的，你瞧，我差点真的撞到人。"小晖说："发那么大脾气干吗，不就一个玩笑吗。"

小晖曾去柯译予的律所事务所探访过。那天她并没通知柯译予。柯译予刚好也不在。办公室一位叫美娟的姑娘接待了她。小晖说，她是柯译予朋友，有事找柯译予。小晖想到柯译予办公室等他（当然，小晖进办公室有小心思，想着要是万一有柯译予的日记本什么的，也可以翻看一下，说不定能找到有力的证据）。美娟姑娘坚决不让。她似乎对小晖略有敌意，一直在盘问小晖的来历，包括什么时候认识柯译予的。小晖意识到这姑娘似乎和柯译予关系不一般。美娟把小晖带到接待室，然后把一叠报纸重重放到小晖面前，好像以此表达她对小晖的轻蔑。不过美娟脸上挂着甜美的笑，显得很有礼貌。小晖往柯译予办公室张望。美娟正从柯译予办公室出来，忘了关门。趁美娟不注意，小晖偷偷溜进了柯译予办公室。

小晖翻开柯译予的一个笔记本，迅速翻了几页，是一些案牍笔记，也有一些较为私人的事，小晖不知不觉读进去了。

一个多小时后柯译予回到办公室。柯译予进来时神情恍惚，他没注意到小晖在里面。他把公文包扔到一边，包里的东西撒得到处都是。然后柯译予躺倒在沙发上，慢慢地蜷缩身体，抑制不住自己的情绪，失声痛哭起来。小晖不知道柯译予发生了什么。柯译予无意间坦露的这一面让她相当震惊。她从柯译予办公桌前起来，来到沙发边。小晖说，喂，大叔，你怎么了，情绪这么不好。柯译予吓了一跳，赶紧坐起来，擦掉了泪水，你怎么在这儿？小晖说，我来……看看你。柯译予掩饰道，对不起，我失态了。小晖说，你怎么了？你刚才好吓人。柯译予说，没事，没事。我压力太大了，一个人的时候容易失控。小晖意识到柯译予这是在掩饰。她猜不出他出了什么事，以至于这么无助，和平日里那个成功男人完全不一样。

后来，小晖慢慢了解了柯译予的过往。他曾有一段破碎的婚姻，留下一个叛逆的女儿，现在在少教所服刑。那天柯译予失态是因为他去少教所看望女儿了，女儿不肯见他，他苦等到接见时间结束，女儿也没出现。他苦笑了一下，对小晖说，说出来你都不会相信，一个律师的女儿竟然在少教所，是不是有点讽刺？"我和她妈妈离婚这件事，对我女儿伤害很大，女儿现在恨我，她用这种自戕的方式折磨我。"柯译予说。

随着对柯译予了解的深入，小晖竟慢慢对他产生某种程度的同情。她敏感地意识到这个人也被负疚感折磨着。这让她产生一种同病相怜的情感。更严重的是小晖不知不觉对柯译予产生依赖。自丁家明出事后，小晖处在一种巨大的孤独之中，常常在精神上感到孤立无援，柯译予那种无时不在的父亲般的关心或多或少让她受用。当小晖意识到自己和柯译予的交往正在背离初衷，她迷惑了。有很多次，她想放弃和柯译予的纠缠，忘记寻凶这件事，远走高飞，离开永城，就此和所有人断绝关系。

小晖试过这么做。她曾有一星期没搭理柯译予。那一星期，柯译予一次次来电话或短信："小晖，即使我们做不了朋友，我们至少可以好好谈一次啊。"柯译予怎么会了解小晖的真实心思呢？连她自己都弄不明白。

后来他们还是见了面。

"小晖，你怎么可以这样没礼貌，一个电话也不回我。无缘无故没你消息，以为你出了什么事。我做错了什么吗？"

"我没事啦，大叔，你想复杂了。"

"小晖，你别这样和我说话。你知道的，我关心你，就想对你好。小晖，你关不关心我没关系，但你不要不理我，我会担心你的。"

"担心我什么？"

"不知道，什么想象都有。"

柯译予的直接和少年式的表白令小晖怦然心动。小晖想，柯译予真是个奇怪的人，任何大胆的言辞在他嘴里说出来似乎都是能接受的。小晖还想，柯译予可能在无数个女人面前说同样的话，但即便如此，这样的表达还是会打动人心的。小晖心一软，忍不住抚摸了一下他的头。

"你们男人最擅长的就是甜言蜜语。告诉你，我一个男人都不相信。"

现在，小晖把刀子架在柯译予的脖子上。摊牌的时间到来了。无论如何是这个男人撞了丁家明，他是一切痛苦的根源。如果他承认，她就会放过他，让他在煎熬中活着。如果他不承认，她会把他杀了。这是她今晚脑子里转动的唯一的念头。

柯译予终于醒过来了。他看到了小晖拿着一把刀子架在他的脖子上，表情凶悍，他的脸上露出迷惑不解的表情。

"你怎么啦？"

"是你撞了丁家明是不是？"

"你在说什么我听不懂。"

"你把丁家明撞了，把他撞成瘫痪，你把他这辈子毁了。"

"小晖你把刀子放下。"

"你说啊，究竟是不是你？"小晖的声音沙哑，好像她的声带这会儿已充血。

小晖的刀子越来越紧地抵住柯译予的脖子。柯译予的脖子上已渗出了一道血痕。

柯译予突然抓住了小晖拿刀子的右手的手腕，把刀子推离自己的脖子。小晖被柯译予捏痛了，"啊"地叫了一声，刀子落在地板上，发出金属清脆的"哐当"声。然后柯译予狠狠给了小晖一个耳光，小晖被打倒在地。

"你在说胡说什么？"

柯译予的脸色充满了杀气。大概怕小晖去捡，柯译予把刀子踢到了床下。

小晖已没有一点力气。这会儿，她沮丧极了。她其实是可以杀死这个人的，可她终于下不了手。杀人比想象的要困难得多，她根本不具备这种勇气。她发现自己在还未杀人前已经崩溃了。她呼吸急促，紧闭双眼，泪水从眼眶里缓缓溢了出来。她无力地说：

"是你，就是你。那个下雨天你撞了丁家明，然后就逃走了。"

"你快给我滚，否则我杀了你。"

柯译予的目光里充满了恼怒和仇恨。见小晖躺在地板上不动，狠狠地踢了小晖一脚，然后他一把揪住小晖，把小晖推出门外。他恶狠狠地吼道：

"你有病吗？你怎么能这样冤枉人？你滚吧，我这辈子不想再见到你。"

说完柯译予"砰"的一声关上了门。

"柯译予，你还要抵赖。你知不知道你毁了一切，毁了丁成来，毁了丁家明，也毁了我。"小晖在门外一边痛哭一边高叫。

柯译予靠在门边，胸口起伏不停。听到小晖刚刚提到丁成来，他的脸上露出迷惑的神色，他自语道："刚才小晖说什么？撞伤的是丁成来的儿子？"

　　小晖一直站在柯译予家门口。刚才的那幕就像一个梦境。由于内心极度激荡，她此刻分不清自己是在现实中还是在梦境里。

　　大约过了五分钟，小晖清醒了一些。但她依然有些迷惑，她无法判断柯译予刚才的反应是否正常。她觉得自己可能错怪了柯译予，也许真的不是柯译予撞的。她沮丧地想："我是不是又搞砸了一件事？我为什么总是把每件事弄砸掉？"

　　她整理了一下被柯译予弄乱的衣衫，像一个逃离现场的罪犯，匆匆下了楼梯。

　　雨越下越大，大到仿佛从天上倒下了整个太平洋。小晖这辈子都没见过那么大的雨。她不顾一切地跑向小区大门口。身上的棕色真丝裙子没一会儿就淋得湿透，真丝紧贴着她的肌肤，使她看起来几乎全身裸露，幸好她的内衣是全棉的，还不至于全面沦陷。小区的门卫奇怪地看着她，目光里有一丝不易察觉的猥琐的邪念。

她站在小区门口等出租车，等了好久都没等到。她想过叫林远来接她，但这个晚上，她不想再见任何人。后来她给出租车公司打了个电话。一会儿，出租车终于来了。

回到家，差不多已是九点。

她没换被雨淋湿的衣服，木然坐在沙发上。她的意识慢慢复苏了，她回顾刚刚发生的一幕。即使现在想起来，都像是某个舞台上演出的片段，而自己成了一个剧中人。她意识到柯译予刚才是反常的，他的行为是过度的，是虚张声势的。她想起当年，她质问林远是不是他雇人撞了丁家明时，林远的反应是把她的话当成一个笑话。但柯译予不是。他非常恼怒地打了她。她知道他个性里有粗暴的一面，但这粗暴只有在他失控的时候才会显露。是什么让他失控呢？显然，小晖的指控击中了他。

应该就是他了。

她感到自己有点冷，身体在发抖，这才意识到身上还穿着湿衣服。她进了浴室，草草地洗了一个热水澡，然后披上了睡衣，打开电脑。她希望在微博上能见到柯译予的片言只语。她希望柯译予会对她说些什么。

动车出了事故。其中一辆高速列车撞上了另一辆同向开的列车，发生了追尾事故，伤亡惨重。网上到处是事故的消息，一片纷扬。下午以来，小晖的心灵一直处于混乱和激情之中，动车事故似乎更增添了这个夜晚的诡异气氛，就好像今天自己的行动和这个故事带有某种因果联系，这个惨剧只不过是她那个行为的延续。小晖打开了柯译予微博的主页，令小晖失望的是柯译予的微博一直没有更新。

凌晨两点，柯译予终于在微博上写下了这样一句话：

> 我是一个罪人。我毁了一个家庭。

小晖深吸一口气，这是柯译予在同她坦白吗？是他终于承认了吗？小晖仿佛一直在等待着这一刻，她忍不住哭了起来。

27

柯译予的情绪低落到了极点。真相总是残酷的。没有侥幸。他已被判定为罪人。而小晖是个复仇女神。

是的，是他撞了那个叫丁家明的小伙子。

一年前的那个晚上，柯译予从朋友的饭局上下来，驾车回家。那天他喝了不少酒，有点微醺。他本来打算把车停泊在饭店门口，打的回家的。可是等了很长时间都没打到出租车，加上下雨，他想，街头大约也不会有警察，算了，还是自己驾车回家吧。

也许是因为酒驾反应迟钝，也许是因为丁家明是突然从右侧窜出来的，总之，那天，他驾车在中山路上时，只听得车窗外响起一声巨大的撞击声，结实沉闷。他本能地刹了车，酒醒了大半。由于酒后迟钝，他刹车是滞后的，他的车已开出了一段路。他不知道刚才发生了什么，是撞到了一个人还是一条狗？也不清楚有没有受伤。当时他脑子里出现的是酒驾的严重性，不久前有一个明星因为酒驾被判了一年。他犹豫了一下，开走了。

那天回到家，酒已完全醒了，他陷入了某种犯罪感之中。他整夜在网上寻找蛛丝马迹，希望能确认当晚发生的事。但他翻遍了本地所有的网络，什么也没找到。第二天，当地的报纸也没有关于中山路交通事故的报道。

第三天，他去过现场，现场没有任何痕迹，一滴血也没有，干净得如同这儿过去及将来都没有及不会发生什么事。慢慢地，他心存侥幸，开始原谅自己。也许那天真的什么也没有发生。但在内心深处，他清楚知道，某些事一旦犯错，就永无回头之路，能做的只是自我欺骗。

从小晖离开到现在，柯译予一直在颤抖着。小晖今晚把他完全击溃了。事实很清楚，他那天真的撞伤了一个人，那个人竟然是丁成来的儿子。怎么会这样呢？他竟然在一年前毁掉了一个家庭，也毁掉了小晖。他很害怕。小晖会告发他吗？要是小晖告发他，他该怎么办？但瞬间，他为自己的这个念头感到羞愧，事到如今自己竟然还涌出这么卑鄙的想法。他知道即使小晖不去告发他，从此后，他也会不得安宁。

他看了看表，还不到九点。他想去丁成来家看看。他想去看一下被他撞伤的那个小伙子是什么模样。他必须为这事负责。可是，还来得及吗？还能回到没逃逸之前的那个时光吗？他知道已经不可能了。

雨非常大，刮雨器已置于最快挡，但依旧来不及把车窗上的雨水刮干净，窗外一片迷蒙，带着水汽的车窗使这个世界充满了荒凉之感，仿佛此刻，他来到了世界的尽头。世界的尽头又会是什么景象呢？他可以一头冲向那个尽头吗？

他在一家水果店买了一堆水果。因为大雨，那店已经打烊了，店主不愿再做生意。他塞给店主三百元钱，然后胡乱地挑了一点葡萄、苹果和杜果之类。

他敲开了丁成来家的门。

是丁家明开的门。丁家明并不认识柯译予，但见到他，竟然颤抖了一下，似乎有些迷惑和激动，不过他显得很有礼貌，回头对着客厅说：

"爸，有人找你。"

柯译予一直在仔细观察丁家明，他长得有点像丁成来，但比丁成来要漂亮得多。然而，多么可怕，他一辈子只能靠轮椅行走了。

丁成来正在看电视，他从沙发上抬起头来，看到柯译予，脸上顿时露出笑容。因为不是公务场所，丁成来非常自然地把柯译予当作客人。他站起来迎接柯译予。

"柯律师，这么大雨，你怎么过来了？"

丁成来接过柯译予递过来的水果，说：

"破这费干吗呢，真是的。"

看得出来，柯译予上家里来，丁成来还是很高兴的。柯译予在丁成来的引导下，在沙发上坐下。柯译予整个心灵还处在震惊后的迷乱之中，目光一直盯着丁家明。丁家明礼貌地同柯译予打了个招呼后，摇着轮椅进了自己的房间。柯译予看到丁家明房间的门上贴着一张《黑客帝国》的海报。他一定曾幻想过，他可以像电影里的黑客那样能飞檐走壁，如今他却被困在一辆轮椅之上。柯译予目光泛红，他断送了这个年轻人所有的梦想。

丁成来把柯译予此行当成是他们下午谈话的一个好的结果。丁成来给柯译予泡了一杯茶后，开口了：

"柯律师，我知道你是个清高的人，上我家里来不容易。说实在的，谁想撕破脸面呢，你说是吧？得妥协还得妥协是不是？都活得不容易，你不容易，我也不容易。这种事，各让一步，万事大吉。你说是不是？"

柯译予几乎没在听丁成来说什么，他的目光一直注视着丁家明的房间。这时房间里突然传来音乐声，音量很大，吓了柯译予一跳。不过房间里的人迅速调轻了音量。一会儿就听不清音乐了。柯译予想，丁家明是个懂事的孩子。

丁成来见柯译予没反应，继续补充道：

"这样吧，柯律师，我们也不要兜圈子，我也不喜欢兜圈子，有话直说吧。要解决这事非常简单，只要你在网上声明一下，政府对住户已有妥然安排，你将不再代理农药厂案，就行了。"

见柯译予没反应，丁成来问：

"有困难吗？"

"啊没有，谢谢，谢谢，没有，都照你说的办。"

"那就好。"

今夜，丁成来提出任何要求，柯译予都会答应。

28

柯译予走后，丁成来总觉得哪儿有点不对头。他想起柯译予进来时，嘴唇苍白，浑身在打哆嗦，那样子像刚刚从一场疟疾中还过神来，身上还带着疾病的气息。

凭警察的直觉，丁成来觉得柯译予今晚确实有心事。这么晚了，雨下得这么大，竟然这么急赶过来，这确实不像是柯译予的风格。并且，同他说话时，柯译予似乎也心不在焉，不像往常那样能说会道。今晚他似乎变了一个人。柯译予碰到什么事了？

丁家明进房间后，身体一直在颤抖着。刚才那人进屋时他嗅到了小晖的气息。是的，那人身上有小晖的香水味。他太熟悉小晖的气息了。难道小晖现在就是同这个男人在一起吗？

一会儿，他听到那人走了，丁家明把音响的音量加大了，好像这样可以缓解他的痛苦。

丁成来听到儿子房间里传来声嘶力竭的歌声。丁成来不知谁在唱，英语他一句也不懂。他只觉得这些歌曲唱得杂乱无章，听着让人心烦。

他推开儿子的房门，惊异地发现，儿子竟然全身在发抖。他问儿子怎么了，但儿子没有回答他。儿子的神情有些古怪，好像刚才柯译予的"疟疾"传染到了儿子的身上。

"你没事吧？"

丁成来抚摸了一下儿子的额头。没有发烧。

儿子神经质地别开了头，仿佛对丁成来怀有巨大的仇恨。

丁成来已习惯了儿子的这种态度。儿子隔些日子就会情绪激烈，会莫名其妙地对世上的一切充满仇恨。当然，也说不上莫名其妙，其来有自。丁成来把音响关了，试图安抚儿子。

"家明，我看你累了，早点睡吧，要不，我帮你洗个澡，解解乏。"

"你给我滚！"丁家明突然高叫起来，"我又不是废物，我自个儿能照顾自己，不就是断了腿吗？不就是走不了路了吗？难道没有你我会死吗？"

看着儿子这样，丁成来心里涌出无比的苍凉来。他感到自己的眼泪就要溢出来了。他不能让儿子看到，转身出了儿子的房间。他只觉得心里憋屈。给儿子洗澡用的水已经开了，发出轻微的啸声。他觉得那啸声像是对他的一个讽刺。他冲过去，一脚把烧水壶踢翻。水壶应声落地，滚烫的开水溅到丁成来的脸上，他的脸像被针尖扎着了一样，刺激得生痛。地砖上到处都是水，正从厨房往客厅的地板流淌。丁成来平静了一些，仰天叹了一口气，开始收拾残局。

丁家明听到房间外父亲砸东西的声音。他像瘫了一样蜷缩在床的角落里，由于刚才过于激动，他的身体颤抖得越发厉害。他只觉得自己在慢慢地缩小，像是要回到母亲的子宫里，仿佛那样才是安全的。

他很后悔又对父亲发火了。他越来越控制不了自己的情绪了。总是这样，每次内心充满了不明所以的情绪（他意识到其中有恐惧）后，他总是发泄到父亲身上。

这天晚上，丁家明再也睡不着。他偷偷爬起来，来到父亲的床边。父亲侧身躺着，稍稍有点发福的肚子这会儿看起来像一只皮球，随着均匀的呼吸一鼓一吸。父亲熟睡的样子十分憔悴，满脸忧伤，仿佛即使在梦境中依旧经历着磨难。他知道，同自己比，父亲的痛苦或许更甚。但是他却经常忘了这一点，他总是不由自主地把自己放在受害者的位置上。其实情况可能不是这样的，可能正是他毁了这个家。

丁家明靠近父亲的床，替父亲整了一下被窝。父亲动了一下。他怀疑父亲并未睡着。

今夜看来是睡不着了，他索性起来打开了电脑。网上都是动车事故的消息。怪不得今夜天气这么诡异。自从被那辆该死的车撞了以后，他总是格外关注类似的交通事故。他对事故中的受难者有一种切肤之痛。人世间究竟有多少人理解飞来横祸的意思呢？网上的众多同情者是未必懂的。那是非常具体的一个一个人、一个一个家庭，从此后，他们被抛出原本生活的轨道，他们的命运被彻底改写。为什么人间会有那么多不幸呢？

午夜时分，他稍稍平静了一些。他突然想起那两个"小偷"。令丁家明奇怪的是，虽然他们那样打他，他却对他们没有任何仇恨。这会儿他对那两个小偷的想象里竟有一种奇怪的诗意，他觉得此刻那两个小偷正走向一个叫"江湖"的地方。他脑子里浮现出大片的湖泊以及无边无际的树林，他觉得那是小偷们居住的地方。他对他们竟有莫名的向往。也许还是他们来得快活，也许这辈子能成为一个小偷是件不错的事。

丁家明看过一部俄罗斯电影，片名就叫《小偷》，讲了斯大林时期一个小偷骗财骗色的故事。他从那位名叫托杨的小偷身上感受到一种迷人的诗意。在斯大林时期，所有的人都过着压抑而平淡的日子，唯有托杨与众不同，在枯燥乏味的岁月里找到了属于自己的闪亮日子。他觉得那个小偷把现实的平庸彻底照亮了。他打算把这部电影找出来再看一遍。

深夜两点多，丁家明接到小晖的短信：我找到了撞你的那个人，你想知道吗？

他的心纠结了一下。不过他根本不信。

他回道：不想，永远不想。

这么晚，小晖还没睡？她在干什么？他又胡思乱想起来。

29

一早，柯译予去了南唐街。

昨晚他一夜未睡，整夜都在想他撞人这件事。他不知道如何解决这个问题。投案自首吗？或者找丁成来谈谈，尽其所能给予赔偿？但丁成来会答应吗？他会不会把自己弄进牢里面？或者死撑着永不承认？……他觉得自己一定得找到妥适的方式承担责任。

他不止一次来到这幢老宅。这是一幢带院子的清末宅子，据说是曾给李鸿章家族做过买办的商人所建，现房产归文保所所有。应大师只是租用了这幢大宅，作为她修炼养生及接待友人（她把所有前来心理咨询的病人当作自己的友人）之所。柯译予经过院子，院子里有两棵杏树耸立在石板路的两旁，在院子的角落里种植着石榴树，细小的叶子在微微晃动。建筑的前面有一排竹子。昨晚的暴雨过去后，世界又恢复了平静，有一丝风从竹叶中穿过，其间夹杂着那幢清末建筑传来的沉香气息。

进入那屋子，沉香的气息更浓了。每次闻到沉香气味，柯译予除了感到安宁外，还会涌出一种通往某个永恒之所的幻觉，好像这种香味是现世和来世之间的一个通道。

他进院子时已按了门铃，应大师的女助手已在廊道上等候。廊道上铺着纯羊毛地毯，地毯的底色是暗红色的，地毯的边缘则绣着由橘黄色的卍字图案拼接成的更为繁复的图案。走道上中式格子窗是肃穆的黑色，格子图案简洁有力，由方块和圆弧构成。他跟着女助手向屋子深处走，这会儿，他有一种漂浮之感，他觉得自己像湍急河流上的一片残叶，不知道会漂向哪里。

他进入其中的一间屋子，女助手让他等一会儿，大师马上就会过来。然后女助手退出了屋子。屋子很黑，天花板上有两盏射灯，刚才女助手已经开启了，其中一盏打在房间中间的床头，另一盏打在应大师等会儿坐着的位置。有时候，柯译予会忍不住想，他在治疗过程中所有的幻想可能都和这灯光有关。等会儿，他会睡到那张床上去。但现在他靠在黑暗的房间的沙发上，习惯性地看头上的那两盏灯。他看到有一只蜥蜴在灯光的光晕外面，好像会随时扑向他，咬他一口。可是当他试图仔细辨认时，那蜥蜴不见了。他想，可能是一个幻觉。

最近在律师界或是知识界出现一种时髦的风气，很多人加入某种宗教。女人们加入了藏传佛教的某个密宗，拜了一个上师；男人们则大都信了基督。柯译予一直以为自己是一个无神论者，后来他发现这世上根本不存在无神论者。人天生软弱，一个人的心灵不可能强大到自己单独应付世间的一切。正是出于这样一种经常出现的惶恐（这种惶恐会从他的心脏或胃部冰凉地通向他的脚底，让他全身软弱无力，有种自己要消融了似的惶惑感），他也试着想信某种东西。但柯译予发现，他很难确立一种超验的价值，理性总是在他的大脑里坚定地矗立着，他根本不可能把自己完全交出去。另外一方面的原因是他经常从他的朋友身上看到一种信仰的傲慢，特别是基督教朋友，他无法接受他们口中经常说的"拣选说"，每当朋友的眼中露出"上帝的选民"那种优越感时，他都有一种莫名的恼怒，心底产生无名的抗拒感。

有一段日子，柯译予非常忧郁，甚至靠药物也无法入睡，他几乎都快要崩溃了。老袁介绍他认识了应大师。他第一次被她镇住了。那天，柯译予还没开口，她就对他说，你有一个女儿，你抛弃了她，她恨你。

他震惊得不知道说什么。那段日子他深陷在对女儿的罪恶感中。刚结婚的时候，妻子因为家庭条件比他这个农村子弟优越，总是在他面前颐指气使。也许是因为有着深刻的自卑感，他无法宽容地对待妻子。他们动不动吵架，一吵就动粗。有一次，他把妻子打翻在地，妻子的下身流出了血。他非常惊慌。这时候妻子告诉他，她怀孕了，要是这孩子保不住，他就是杀人犯。他当时非常震惊："她怀孕了，竟然不告诉我。"大概因为这些日子他们几乎都在冷战，她忍着没告诉他。他看到妻子身上的伤痕和乌青，第一次对自己的暴力倾向感到迷惑，他竟然对一个怀孕的女人动了粗。他如梦方醒，跪在妻子面前，请求饶恕。他担心这孩子会有问题，建议不要。但妻子坚决要生下这孩子。妻子当时几乎一语成谶：

"我一定要生下这个孩子，让他永远恨你。"

在短暂的心灵迷醉中，他忍不住和应大师谈了自己破碎的家庭，讲了自己如何伤害了女儿。后来，他在应大师几乎冷漠而单调的说话声中安然地睡着了。

当他第二次来这里时，再没有体验到初次那种震撼。这可能同他对那个未知世界一直抱有怀疑的态度有关。他的理性太强大了，任何超越常识的知识，他本能地抗拒。他多么希望自己全部投入那个未知的世界，或叫有灵的世界，或叫神的世界，那样的话他或许可以有所依靠。但他做不到。有几次他甚至胡言乱语，几乎虚构了自己的经历。他要试探应大师是否可以识破他的虚构。没有，她一如既往地平静如水，似乎他说出的话在她通灵的慧觉里都得到了印证。他很满意自己即使在虚构时也能表达得如此真诚。

他在焦急地等待应大师的到来。即使在最需要应大师的时刻，他依旧用一种怀疑主义的方式思考着他正准备接受的一切：既然她自称能看清一个人的来世，她是否在这屋子里编织了一张通向每个人过往的网，她就是在网中央的蜘蛛，等待着每个人的灵魂从遥远的过去像一只虫子一样来到这网的中间，而她可以趁机吞食它们？刚才看到的蜥蜴又是一个什么象征？

这时，透过格子窗，他看到一个男人从走道上一晃而过。他感到那背部十分熟悉。一会儿他才想起来是市里的某要人。这令他非常不舒服。他意识到即使如应大师这样一个装扮成神一般的女子，依旧需要一个男性器官。在烦躁的情绪之下，他的内心竟对自己来这儿产生了深深的怀疑和抵触，好像他来这里不是来寻求安慰，而是来破坏一切的。

应大师进来时，脸色红润。应大师坐在她的位置上，灯光打在她那张黝黑而圆润的脸上（他至今都猜不透她的实际年龄）。她示意柯译予躺到床上。仿佛有什么魔力，刚才的破坏欲变成了任人支配的软弱，他听话地躺了下来，仿佛这会儿即使有人要宰了他，他都不会有任何反抗。他躺下后清晰地意识到，来这里的目的只有一个，就是如何释放内心的恐惧，这恐惧来自更深远的地方，来自他的一生作为，以及由此面临的人生空虚。

"我又病了。我厌烦极了。我厌烦这世界，厌烦这混乱的秩序。可是我自己的生活也弄得乱七八糟，我有什么资格厌烦这世界？"

他期望应大师回应他，但应大师一直没说话。他看到灯光下，应大师的目光变得更为幽深，像一道通向天国的走廊。

"昨天晚上到现在，我没睡过一分钟。我真想永远睡着。你知道永远睡着的意思吗？就是不再醒来，死去。我觉得为了睡着，哪怕死去也是愿意的。"

"你出了什么事吗？为什么睡不着呢？"

"犯罪。"他看了应大师一眼，他看到应大师原本淡漠的眼中透出一丝光亮来。什么意思？她在为即将窥探到别人的秘密而兴奋吗？他突然决定不再讲述那个车祸，他不打算说出自己真正的不安和恐惧。"我女儿对我说，犯罪让她感到自由。她是个傻瓜，她把自己毁掉了。"

当他说出这一切的时候，他感到心头的内疚感和温暖感如潮水一般涌动。他是直到四十五岁后才明白，亲情以及由此带来的人生羁绊是生命中不可或缺的东西，但他永久地失去了，他犯下的错误无法再修正。

"不，是我把她给毁掉了。我没爱过我的女儿。她出生的时候，才这么大，头发湿答答的，我看了足足一个小时。我难以想象她就是我的女儿。她在不停地哭。她的哭泣令我心痛。我试着抱起她，她就不哭了。她的眼睛还没力气睁开，但偶尔那眼帘会开启一条缝隙，我看到了她的目光，那目光里有令我陌生的东西，我当时理解为敌意。现在，我才知道，我其实那时候就感到自己的罪过，我无法面对这个孩子，我因为亏欠了她而恨她。"

柯译予说到这儿动情了，他突然哭出声来。

"现在，她死了。是我害死了她。要不是我，她不会死。我真想去那个世界找她，跪在她前面，请求她的原谅。"

"你在说谁？你女儿吗？"

"你可以这么认为。"

"柯律师，你在撒谎。"应大师打断了他，她的声音像从某个黑暗之所里传来，透着一股冷静而神秘的气息，"你的女儿活着。也许你病了，或者是故意，你把所有的人串在了一起，当成了同一个人。柯律师，你的病根在于你放不下，因为你太傲慢了。"

柯译予惊愕了好一阵子，他有种被击溃的感觉，身上没有一点力气。但慢慢地，他心里涌出一种谎言被揭穿的恼怒，他想起刚才一闪而过的那个男人。"她总是这样，想侮辱人就侮辱人，她为什么总是这么自以为是？以为真的看透了我，以为她真的有通灵之术！我实在忍受不了这个人，她也只不过是一个俗人，并且比一般人还利欲熏心，她也傍大款，傍的还不是一般的人。"他身上出现一种战斗般的能量，仿佛此刻他站在法庭上，准备给对手致命一击。

"是的，我撒谎了。因为我一点也不相信你天赋异禀，你和我一样，只不过是骗子，我告诉你，我从来没信相过你，所以，一直以来，我同你说的全是谎言。"

"嘘。"

应大师没有生气，她的目光遥远而平淡，好像一切人间痛苦都不足为奇，全在这个巫婆的预料之中。

"你累了，你只是需要好好睡一觉。"

她的声音仿佛从一个很深的睡梦中发出，好像她的话本身就是睡眠剂，柯译予的意识开始模糊起来。一会儿他竟然睡着了。在睡梦里，他看到了一个他从来没有相信过的来世，那个世界光华笼罩，到处都是天籁之音。就好像这会儿应大师在他的身体里暂时植入了一种让他心满意足的信仰，他因此得到慰藉，生活变得充满了意义。

他很快就醒来了。醒来的时候，应大师已不在身边。窗外的竹林在风中摇曳着，柯译予感到瞬间的放松。他想起刚才对应大师的讥讽，那种自暴自弃的恶劣情绪又降临了。他想，什么也没有用，这次不再像以前了，没用了。他不打算再见到她，他简直像逃跑似的迅速穿过走廊，穿越竹林，径直出了院子。

他发现刚才只睡着了不到十分钟。

30

柯译予回到了律师事务所。老袁正等着他。老袁发现柯译予非常憔悴，双眼布满了血丝，眼睛下面挂着大大的眼袋。老袁吓了一跳。

"老柯，你真的生病了吗？"

"可能是吧，昨晚没睡好。"

柯译予进了办公室，老袁跟了进去。

在律所，财务是老袁负责，但作为律所共同的发起人，财务报表最终须由他俩共同签字才有效。在上半年的奖金分配上（虽然每个律师都有各自的财务账号，但律所有一笔共同资金，由发起人支配），柯译予在财务报表上毫不客气地克扣了老袁助手的钱。老袁知道，柯译予倒并不是针对他。以前柯译予也经常这样，他如果认为谁不"作为"，他就扣钱（柯译予每年给各种慈善机构捐出去不少钱，但对待自己的手下就这么苛刻）。老袁对柯译予这做法伤透脑筋，律所总共才十多个人，何必弄出矛盾来呢？柯译予固执，你要是同他讲，他会给你讲一通大道理。是的，理是这个理，可人世间的事，哪是理可以说清楚的？哪能弄得一尘不染的？老袁以前虽然心里面不舒服，但从不在这些问题上和柯译予争，这次老袁觉得柯译予有点过分了，毕竟扣的是他的助手，这关系到老袁的面子，如果不纠正过来，整个律所的人都会笑话老袁。

进了办公室，老袁也没坐下，把报表递给柯译予，用不容置疑的口气说，如果一定要扣我助手的钱，那你还是扣我的吧。柯译予看了看老袁，也没吭声，叫来美娟，让她再弄张报表，照老袁的意思办。见柯译予这么爽快，老袁都有点奇怪。柯译予怎么突然变得这么好商量了？这之前老袁已从心理上准备好跟柯译予好好论理一番的。看来不用了。老袁松了一口气。

老袁出去后，柯译予关了门。他打算在沙发上躺一会儿。不过，他没睡着，一直睁着眼睛，看着窗外的天空。由于昨夜的暴雨，天空更像洗过一样显得一尘不染，整个永城像被蓝色笼罩，好像那光芒是这个城市发出来的。这让这个城市有某种永恒的感觉。

九点钟，办公室的门再次被敲响，冲进来的是怒气冲冲的王培庆。柯译予迅速地从沙发上起身。

"你来干什么？"柯译予厌烦地问道。

"你知道我来干什么。"

"我怎么知道？"

"你不知道吗？"

柯译予耸耸肩。

"你他妈是个伪君子。你整天在网上人模狗样做义士，可转眼你就把他们出卖了。你怎么能写那样的声明？你怎么在这当口退出？你还是人吗？"

柯译予看着满嘴歪理的王培庆，想，这个人真他妈的疯了，他有什么资格来质问我？这事弄得这么复杂，问题都出在这个疯子身上，要是没这疯子突然跳出来自说自话、给我添乱，这事恐怕早已解决了。在某种恶劣心情的作用下，柯译予决定好好教训下这个疯子。他确实受够了这人。

"你又是个什么东西？你他妈有病，你知道吗。我看你得去精神病院，而不是到这儿来。这儿是律师事务所，是讲法律的地方，你懂不懂？讲道理你懂吗？你不懂，你只会到处瞎起哄。你每天这样胡闹，总有一天你会害惨农药厂那些人。你别得寸进尺，以为自己是个人物。你算个什么人物？你只不过是个小丑。有你这么胡来的吗？一点策略都不讲。你这个样子，就是螳臂当车、蚍蜉撼树，自不量力！"

有那么一刻，柯译予为自己滔滔不绝的话语流陶醉了。因为发泄，他感到自己放松了些。

王培庆看着柯译予说话，没吭一声。他的目光有一种锐利的轻蔑，好像他前面说话的人只不过是一只可怜的苍蝇，他随时都可以拍死他。对柯译予退出农药厂案，王培庆一点也不感到奇怪。他早有预感。他一直怀疑这个狗娘养的道貌岸然的家伙代理农药厂案只不过是投机，他只是想借此吸引公众眼球，增加知名度而已。

前几天，王培庆在街头碰到过柯译予和一个小女孩走在一起。那女孩简直可以做柯译予的女儿。这件事对王培庆的刺激相当大。王培庆有个女儿，三年前被一个有钱的男人欺骗了。那男人有家室，答应要和女儿结婚的，可最终在玩弄了女儿半年后把女儿抛弃了。女儿还为这个家伙流过两次产。王培庆知道此事后差点杀了那个家伙。这事对女儿打击很大，现在女儿几乎不和人交往了，整天待在家里上网或玩游戏。网络成了她的维他命，成了她的氧气。她似乎这辈子和网络结婚了。王培庆当时就断定柯译予同那个玩弄了女儿的男人是一路货，都是道德败坏的混蛋。

他的预感果然得到了印证。柯译予竟然在关键时刻弃那群可怜无助的住户而不顾。他这样做能算是人吗？

当柯译予说完最后一个词，王培庆不假思索、毫无预兆地一拳打到柯译予的鼻子上。柯译予的鼻子马上流出血来。柯译予没想到这么瘦弱的王培庆力道这么大，都有点被打蒙了。他在鼻子上擦了一下。他感到鼻子的血流向了口腔，舌头上咸咸的。他狠狠向地板上吐了一口，吐出的全是血水。

"你年纪比我大，我不跟你动手，并不是我打不过你。"

"你来呀，妈的，我还怕了你。"

他一边说，一边推搡柯译予。柯译予一路倒退着，当他退到墙角的时候，再也忍不住了，他的目光已聚集起了攻击性，拳头不自觉地捏紧了。"这个人实在是找抽，我今天妈的揍死他。"他先是猛地推了王培庆一把，然后一拳打在王培庆下巴上。王培庆一个趔趄，跌倒在沙发上。柯译予骑在王培庆身上，拳头像雨点一样砸向王培庆。柯译予感到周身痛快，仿佛昨晚以来的不安、焦虑和痛苦，这会儿终于找到了一个出口。

"杀人啦！杀人啦！"

王培庆发出夸张而尖利的叫喊声。

律所的人听到了柯译予办公室的吵骂声，都从办公室出来，看究竟。柯译予从刚才的狂暴中清醒了过来。他悲哀地想，现在他这模样已经沦落成一个骂街泼妇了。他放开了王培庆。王培庆迅速地站了起来，并不示弱，依旧像一头永不言败的公牛那样冲向柯译予，推搡着柯译予，但目光里没了刚才的嚣张。

美娟也过来了，她看到柯译予在流血，"呀"地叫出声来，好像刚才王培庆那一拳打在了她的胸口上。美娟从人群中挤出来，对王培庆说：

"王大爷，你怎么打人啊，你有话好好说嘛？你别吵啊。"

"谁是你大爷？谁是你大爷？我哪里打人了？我哪里吵了？我在讲理！是他在打我！他想杀了我！"

看到这么多同事在这儿，柯译予非常沮丧。他厌烦自己刚才的失控。他平时是多么爱惜自己的羽毛啊。真是丢脸丢大了。

他本来应该想到有更好的处理方式的，实在是昏了头。他拿起电话，拨通了大楼的保安室，让他们把王培庆押走。

一会儿两个保安来到律所。王培庆瘦弱，两个保安对付他绰绰有余。王培庆被两个保安拖着，塞进了电梯。在电梯关上时，王培庆对着柯译予的背影吼道：

"柯律师，你等着瞧，我们没完！"

柯译予在那儿站定，然后慢慢转过身来，看了王培庆一眼。柯译予看到王培庆仇恨的目光后，脸上浮现些许的惊愕。

31

冯英杰没忘记杀人这事。这让赵龙的心情非常糟糕。

杀个人倒也罢了。杀个人对他们来说从来不是件难事，他俩十六岁就在道上混了，已混了快十年，老板让他们做掉的人也不是一个两个。但冯英杰这一次很不干脆，情绪也很波动。现在冯英杰想用炸药把丁成来炸死，简直疯了。杀个人何必这么轰轰烈烈。以前冯英杰可不是这样的。

更让赵龙不高兴的是他跟着冯英杰从东莞跑到永城，冯英杰却不告诉他为什么要杀丁成来。他知道这单活儿不是老板派下来的，纯粹是冯英杰的私事，但冯英杰不透半点口风。他因此心里面很不爽，觉得冯英杰太不够哥们了。

再一次爬水塔前，赵龙忍不住问："冯哥，我们为什么要同丁成来那傻屄过不去？"

冯英杰没吭声。他神色严峻，用眼神示意赵龙赶快爬上去。赵龙却坐在那儿不动了。赵龙说：

"你不告诉我原因，我不上去了。"

冯英杰也没理他，自顾自往上爬。爬了几级，他回头说：

"你不上去拉倒，你要是怕死，你滚吧，我懒得再见到你。"

说完，他就噌噌爬了上去。赵龙觉得冯英杰走火入魔了，他很想拿一块石头砸开冯英杰后脑勺，看看他脑子里究竟在想什么。不过赵龙虽有不满，还是攀缘着铁梯跟了上去。

冯英杰和赵龙再一次爬上那废弃的自来水塔。

此刻冯英杰的表情有些迷茫。不过他一直都是这副样子，实际上他心里并不茫然，想干的事谁都拦不住他。但他迷茫的样子还是让赵龙很不踏实，心里不禁忧虑起来。每次都是这样，行动时一看到冯英杰的目光，赵龙就莫名紧张。要到完事后，他才能放松下来。赵龙看到冯英杰开始勘探放炸药的位置，问，要帮忙吗？炸药装在赵龙背着的一只黄色书包里，书包外还写着"为人民服务"几个字。冯英杰黑着脸，没正眼瞧一下赵龙，好像赵龙并不存在。

这时候，赵龙的手机骤然响起。赵龙吓了一跳，赶紧从裤兜里取出，但他并没接，递给冯英杰。

"你他妈接啊。"

"你接吧，是老板来的。"

冯英杰不满地接过电话。

电话里，老板问他们在哪儿。冯英杰没回答。他从来不对老板撒谎，不想撒谎就只好沉默。

"你们他妈的在哪儿？碰到麻烦了吗？"老板显得很不满。

"没有。"他冷冷地说。

"真的他妈的没有？"

"是。"

"我也不问你们干什么去了，但你们明天给老子赶回来，要是明天我见不到你们，我妈的永远不想见到你俩。"

说完老板啪地挂了电话。冯英杰本能地看了看电话，皱了皱眉头。他看到赵龙正不安地看着他，好像天要塌下来了一般。

"你怎么了？别这样看我。"

"冯哥，杀人搞得这么轰轰烈烈我还是不踏实，这事要是让老板知道，他不会饶了我们。"

"你妈的又来了。"

老板的电话让赵龙决定再努力一次，劝劝冯英杰。妈的，冯英杰这家伙真的疯了。赵龙说：

"冯哥，实在没必要这样冒险啊……"

冯英杰突然生气了，他狠狠踢了赵龙一脚，吼道：

"你妈的有完没完？你喋喋不休半天了，就知道你是个胆小鬼，要怕死，你早点给我滚。"

赵龙见冯英杰骂他胆小鬼，实在忍不住了。他受够这个疯子了。他把背着的一只黄色书包掷到地上，气呼呼地说：

"好，我滚，你想送死我也没办法，人要是想死谁也拦不住。"

说完，赵龙从铁梯爬了下去，又不甘心，爬上来再骂一句：

"你妈的是活够了，活腻烦了是吧？找死算什么本事。"

冯英杰头也不抬，继续布置着炸药。

水塔上只留下冯英杰一个人。一会儿他往水塔下瞥了一眼，发现赵龙没有走远，在水塔下转悠，还不时抬头往水塔张望。冯英杰脸上露出得意的笑容。他知道赵龙不会走，赵龙虽然不够聪明，但他仁义，他舍不得撇下他不管。

果然，冯英杰布置炸药时，赵龙探头探脑地又爬上水塔。脸上带着滑稽的歉疚的表情，媚态十足。赵龙的脚落在地上时，冯英杰一脸惊恐地说：

"当心踩着炸药，否则会把你送上西天。"

赵龙吓了一跳，僵在那儿可怜巴巴地看着冯英杰，像一条摸不透主人脾气的狗。冯英杰哈哈笑起来，骂道：

"你妈的真是个胆小鬼，瞧，机关在我这儿呢，按住这按钮，才会爆炸。不过，如果你点火，也会爆炸。"

赵龙松了一口气，马上恢复了那种街头小混混的表情，大大咧咧地说：

"冯哥，你说丁成来会上当吗？"

冯英杰严肃地拍了拍赵龙的肩，说：

"老弟，丁成来是个敬业的警察，你只要告诉他水塔上有一具尸体，他一定会爬上去看的。"

32

昨晚上的睡眠非常稀薄，稀薄得像夕阳的余晖。整夜都在做梦，各种奇怪的梦。小晖记得其中的一个：一只黑熊一直在追逐着她。她拼命奔跑，它紧追不舍。她逃到一个山谷里，道路在一块状似盾牌的顶天立地的绝壁处中断。她只好回身，那黑熊在她前面二十米的地方停住，贪婪地注视着她。让她奇怪的是那东西的目光不是凶悍，而是忧郁的，它张开嘴巴，露出洁白的牙齿，几丝黏性的唾液从嘴中间流下来。它呼吸浓重，她几乎嗅到了黑熊呼出的略带臭气的刺鼻的骚味。一会儿，黑熊发出低沉的吼声，扑向她……她就在这当儿醒了过来。又是一个"鬼上身"的噩梦。她再也没有睡过去。

上班时，小晖感到非常困倦。她处理了一些简单的事务，无精打采地坐在电脑前，习惯性地打开柯译予的主页，想看看柯译予有什么最新的发言。

仿佛是神启，这天早上她意外发现柯译予的一个小秘密：

他的微博账号上，还有未对外公开的私人日记。这个发现让小晖的倦意迅速消失。小晖意识到也许柯译予的日记里会有更多的真相。

作为网络公司的员工，小晖首先想到的是用木马程序破解账号密码。但柯译予的账号正由别的程序严格地保护着。这样，她只好用别的办法。她试着用柯译予的生日、身份证尾号以及手机尾号这种人们常用的数字输入，都没有成功。

一个人惯常的行为及其喜好的数字一定是有规律可循的，小晖深信这一点。小晖回想着和柯译予交往过程的各种细节，她希望在这些细节中能发现解决问题的方法。

她记得第一次看到柯译予手臂上的文身很吃惊。在小晖的认知里，只有流氓或小男生才喜欢这种玩意儿，像柯译予这样的大叔怎么也会文这种东西呢？并且柯译予的文身是整整一圈，像一个银饰一样紧紧地深陷于手臂肱二头肌中间。那纹饰是两条纠缠在一起的蛇，两条蛇各吞食着对方的尾巴。蛇皮的质感非常逼真。小晖倒并不像一般女孩那样怕蛇，她摸了下那文身，问：

"什么时候文的啊？不过挺好看的。"

柯译予支吾了一下，想避开这话题。但小晖敏感地意识到这文身对柯译予很重要。

"为了纪念一个女人？"

小晖逗他。

柯译予笑了一下，说：

"你太聪明了。"

柯译予沉思了一会儿，说，他曾爱过一个女孩，那是八年前的事了。

"她是个诗人，不过现在在精神病院里。我认识她的时候，她就有点不正常，不按常理出牌。不过，她的诗写得真是好，任何事物只要经过她的语言的触摸，就会被照亮，放射出令人惊叹的美丽，如一枚钻石一样。她也经常嘲笑我，这一点像你。她说有一天会把我吃了。她自称是一条蛇，虽然细小，但可以把整个宇宙都吞了……后来，她整个儿疯了。"

"你很爱她吗？"

"我不知道，我记忆里只有彼此的伤害。我们俩在一起，就是相互伤害，用恶毒的言辞嘲笑对方。可奇怪的是，伤害过后，我们却会变得很好，水乳交融的那种好。你明白吗？"

小晖当然明白。但她傻笑了一下，摇摇头：

"我不明白。"

"那时候，我和她就是一对疯子。我为了忠于她，离了婚。和她在一起的时候，我的感觉是既无力又昂扬。很奇怪，截然相反的情绪会同时出现在我的生命里。这其实是一种病，就像诗歌一样。这话是她说的，她说诗歌就是一种无可救药的疾病。很可怕是不是？"

小晖摇摇头。

"文这东西痛不痛？"

"她去了精神病院的那段时光我心里痛得要命，需要用另外的痛去缓解。想来想去就决定文身吧。我文的时候都没打麻药。我差点痛得昏死过去。当时，全身都是汗水。那之后，痛就好了些。"

小晖记得那天，柯译予聊着聊着，变得非常动情，曾朗诵过一首诗。他说，他一直偷偷在写诗，这个时代写诗已成为一件令人羞耻的事，所以他谁都不告诉，没几个人知道他在写诗。这诗是他文身后写下的，纪念那份疼痛：

> 从你的目光里，我看到了黑暗；
> 光之前的黑暗，
> 地下三千尺的黑暗，
> 封闭的心脏血液凝固的黑暗。
>
> 需要流一点血才能见到的明亮，
> 光芒深处的明亮，
> 天堂之门透出的明亮，
> 缠绕在手臂上美丽图案的明亮。

小晖依稀记得柯译予文身的中间有一串数字，写在两条蛇缠绕的间隙。是什么数字呢？是那女孩在他身边消失的日子？

小晖对图像的记忆一直非常好。她闭上眼，用尽全身的力气回忆。她的眼前开始浮现那文身，那串数字在文身中间闪闪发亮。

小晖飞快地输入那串数字。一阵强烈的几乎令人痉挛的快感向她袭来，她进入了柯译予的账号，看到了他的日记。柯译予记述的方式十分奇特，用的是"你"这个人称，这让日记看起来像一部虚构作品。但小晖确信所写的每一件事都是真实的。

小晖最关心的是 2010 年 9 月 27 日那天晚上及之后发生的事。一切清清楚楚，是柯译予撞的。柯译予在日记里充满了忏悔之情。他用最激烈的言辞审判那个"你"。

2010 年 9 月 27 日 ……你撞的是人还是动物？一定是人！他怎么样？你撞死了那个人吗，或者他还活着吗？你是个多么可悲、可恶、怯弱、自私、可怜的人！为了逃避惩罚，你竟然成了个逃逸者。

……

2010 年 9 月 30 日 没有任何关于车祸事故的报道。你今天去了中山路事故现场，那儿没有任何痕迹。如果你撞的是一个人，希望那人一切平安……这样你才可以平安。

　　小晖流下了眼泪。在生命的挫败感和灵魂的混乱迷失这件事上，她和柯译予是同类，她感同身受。这是她读柯译予私人日记得到的最强烈的感受。她竟在心里对他涌出同情来。无论如何柯译予还算是个有良心的人，否则他的灵魂不会如此煎熬。

　　那天，小晖读完了整本私人日记。她惊异地发现，柯译予的前女友根本不在精神病院里，而是因为幻想自己是一只鸟，早已坠楼身亡。

　　小晖想起一直跟随着自己的死亡幻影。她悲哀地想，她也许和这个女人是同一种人，柯译予只是在重复过往的历史。这世上的事就是这么奇怪。

33

清晨，丁成来烧好泡饭。丁家明还在睡，他也不打算叫醒他。昨晚丁家明的情绪这么不好，让他多睡会儿吧。吃泡饭时，丁成来脑子里依旧想着昨晚柯译予反常的表情。他注意到昨晚柯译予一直在看儿子的房间。房门上贴着一张《黑客帝国》的海报。他看这张海报干什么呢？

后来他突然意识到了什么，很快地吃完泡饭，就去了明星律师事务所所在的大楼。他从大楼保安那里要了近几日进出车辆的监控录像。

回到派出所还早，七点多一点。除了值班的警员，其余的人还没上班。他来到办公室，开始播放监控光盘。很快，他在录像里找到了柯译予的车——那辆绿色的普拉多。他仔细观察这辆车行进的方式、刹车的强度、打方向灯和转弯之间的时间差。这也是他们侦破工作的经验之一。每个人都有自己的习惯。

他把出事那天的录像调出来，将两者进行比对。

丁成来怦然心跳。两辆车行车的特征及刹车的方式基本符合。他意识到事情可能同原来的想象和判断不一致，他侦破的方向看来完全错了，儿子的受害不是因为仇家，可能只不过是一桩普通的交通事故，只是那个肇事者逃逸了而已。

但光凭这两个录像还不足以断定肇事者就是柯译予。"你不能因此让柯译予获法，还得有更多的证据。"他对自己说。

另外一个疑问是：假设撞人者真的是柯译予，那么为什么柯译予在撞人一年之后才来我的家里？他是从哪里知道他撞的是丁家明？又是什么原因促使他来的？既然逃逸成功了为什么还要自投罗网，这又是一种什么样的心理？

两种完全相反的逻辑在丁成来头脑中打架。他无法判断哪一种逻辑是正确的。他思考了整整一个小时。同事们陆续来上班了。他想起局里那份柯译予的档案，也许有必要再去仔细研读一遍。上次读得太匆忙了，主要是看了关于材料的综述性报告，其中的资料只是看了个大概。

丁成来决定到局里去一趟。他希望在那些资料里能发现一些蛛丝马迹。哪怕是找到柯译予某些特殊的惯常的心理逻辑。

老同学对此感到奇怪："姓柯的不是已退出了吗，你怎么还对他有兴趣？"丁成来没有解释。老同学从档案柜找出柯译予的材料，递给丁成来。"去小会议室看，别带走啊。"他的声音里同往日比多出一份亲昵，丁成来倒有些不太适应了。

丁成来拿着材料，来到会议室。

材料非常丰富。柯译予这几年代理了大量有社会影响的案子，每个案子都有厚厚一叠材料。还有柯译予在网上主要言论的摘要，也是内容驳杂。丁成来有点惊奇，柯译予平时这么忙，他哪有那么多时间写下如此多的网文？

要仔细完整地看完看来得花整整一个上午了。

档案分类仔细，关于私人生活部分，尤其翔实。他看到一份警方笔录，是柯译予嫖娼被抓时的问答。时间是 2005 年的 6 月 30 号。从笔录上看，那时候柯译予还在民政局工作。

……

警：你说吧，知道为什么被抓吗？

柯：嫖娼。

警：明白得很啊。

柯：是。

警：哪个单位的？

柯：……

警：说啊。

柯：民政局。

警：还是公务员哦。

柯：是的。

警：你不担心被抓吗？公务员被抓就会被开除你不知道吗？

柯：知道。

警：知道了为什么要这么做？

柯：空虚。我爱人自杀了，我很悲伤。除了做这事，我就好像死了一样。我停不下来。

警：你别给我找借口。你经常找小姐？

柯：是的。

警：都在什么地方？

柯：在宾馆。偶尔带到家里。

警：刚刚那小姐说，你经常找她，有时候并不做，只是同她聊天？

柯：有时候是这样。有时候我不说话会很恐惧，觉得自己快死了一样。

警：小姐说你和她什么都聊，前妻、女儿、情人，说的都是悔恨的话，聊着聊着就流泪，有时还号啕大哭？

柯：我有时候控制不住自己。

警：你样子看起来是知识分子，你难道不知道这是犯罪？

柯：如果你们觉得我犯了罪，把我枪毙好了，我无所谓，我活够了。

警：你这是什么话？不满吗？

柯：不，我没不满。

警：我看你就是态度不好。

柯：……

警：想让国家把你毙了？你想得美。我看你就是不老实，不知自我反省。看来我们得让你在看守所关几天。

柯：警官，不是说罚款就可以了吗？

警：你这种态度就不是罚款就行了。我们得让你单位知道。

柯：警官，千万不可以这样。我态度挺好的啊，给人一条生路吧，我知道我很消极，有时候都想死。让我罚款吧。我现在身边没钱，但我可以打电话给我的朋友老袁，他会替我交罚款的。

……

对柯译予嫖娼，丁成来不会感到惊奇。当了这么多年的警察，他早知道人世间本来就是如此这般，历来如此。他奇怪的是柯译予面对审问的态度。他的回答是多么幼稚，简直像一个孩子。他弄不清柯译予当时的心境，他这么回答究竟是出于真诚还是讥讽。

丁成来把这笔录放在一边，继续读其余部分。

有一份材料是其前妻对柯译予的描述：

你们为什么问我？他出了什么事？……只是一般的调查？我不信，我从来没碰到过这种调查。他犯罪了？不会吧。他这人确实不地道，但犯罪恐怕也不至于。

没犯罪？那就好。他是个什么样的人？他不是人！我和他谈朋友的时候我就知道他不是人。我和他谈朋友时，他除了一心想同我上床，就没别的了。我不喜欢这样，我在这方面一直没啥兴趣。他是个自私鬼，根本不顾我的感受。他这辈子没给我买过一束花，也没送过我一件贵重的东西。他不是人。

唉，我实在不想说这个人。想起他，我就伤心。我没想到他会这样对待我。九年前，我不小心从楼上摔了下来，骨盆骨折，需要在床上躺三个月。就在我最需要照顾的时候，他在外面有了女人。我知道他花心，我开一只眼闭一只眼，不去管他。可是，我没想到的是，我还躺在病床上，差点性命都要没有了，他竟来逼我离婚。谁都没法忍受这样的人。他那时候一把鼻涕一把眼泪，说找到了真爱，已离不开那个姑娘，说如果不离婚觉得对不起那人，觉得自己不干净，有罪。看着他这么无耻地对待我，居然还能流泪，我当时那个恨啊，连杀了他的心都有。可是我躺在床上，一动也不能动。我是真的对他绝望了。一气之下就签了离婚协议，把他扫地出门。

　　说实在的，事后想想他这个人本质上不坏的，他就是太贪心，什么都想要。贪心把他蒙蔽了。我太知道他了。他还是有一点点良心的，一点点。我不清楚为什么他的女友后来会自杀。我当时听了，还很开心，想这就是报应。但又想想，我不该这么高兴。他女友自杀后，有段日子他像发神经一样，很痛苦。有天，他突然来找我，请求我原谅，想见女儿。我没理他。他大概一直觉得对不起我们娘俩，有钱后想在金钱上补偿。他以为钱就可以赎他的罪？没那么便宜，我要让他永远受到良心的谴责。

　　我实在不想讲他，一讲就难过，你们不要再问我了……

　　在私人生活档案中，还有一份从狱方发来的函。丁成来打开一看，大吃一惊。这份材料由狱方撰写，完全是报告和公文兼具的格式，公文有一个冗长绕口的名称：《关于柯永真与其父柯译予的关系及家庭状况的报告》。

　　柯永真，即柯译予女儿，因犯敲诈勒索罪于2010年获刑。因其未成年，现在永城少教所管教。

　　柯永真心智极不成熟，情绪亦不稳定，几无城府。

但她天生热诚，在少教所待人友善。只是在其与他人交往时，从不设防，常被同伴算计而浑然不觉。

据柯永真交代，她从小十分讨厌其父亲柯译予。柯称其父从不关心她，没带她出去玩过一次，总是忽略她的存在。但她渴望父亲的关注，经常去父亲那儿撒娇。柯译予高兴时会同她玩一会，不高兴时就给她一沓钱打发她。柯永真说，其父柯译予也有对她好的时候，只要柯译予听说女儿被人欺负了，哪怕是学校老师对女儿不公，他也总是很气愤，会带着女儿据理力争，直到对方道歉为止。柯永真说，她实在不知道其父是什么样的人。

有一次，柯永真见其父在房间里，推门进去，她一眼看到柯译予正对着电脑看黄碟。柯永真第一次看到这种画面，深受刺激。她把此事告诉了母亲。夫妻俩因此大吵一架。柯译予不但不知错，反而恼羞成怒，竟然揪住其妻头发，暴力对待其妻。柯永真说，她就是那时候开始恨其父。那一次，他在柯译予手上狠狠咬了一口。

柯永真说，在她成长的过程中，满脑子都是父母吵架的经验。她说，她总是感到自己会被父母抛弃，一直很恐惧。

后来，其父母离婚。关于离婚之因，柯永真认为错都在父亲……她用十分鄙夷的口气说其父是个色鬼，是个混蛋。"我妈待他这么好，只要有好吃的东西就偷偷留给他吃，甚至不让我知道，但他还这样对待我妈。我妈养了一只白眼狼。"据柯永真说，柯译予是在其妻病卧在床不能自理时提出离婚的。柯永真说，她一辈子都不会谅解父亲。

柯永真说，她从小叛逆，其父母离婚后更是如此。她不再读书，在社会上认识了刘某。刘某也是单亲家庭出生，跟着父亲。但刘父又娶了一个女人并生有一女，其父就对他不闻不问。她说，他们很谈得来，经常混在一起，发生了性关系。

柯译予不知从什么地方知道此事，坚决反对其女和刘某交往。柯永真根本不再把柯译予当父亲，甚至当着刘某的面羞辱柯译予。后来，刘某被人打伤。柯永真认为是柯译予干的，去其父所在的明星律师事务所大闹过一场。

刘某伤好后，策划了一次绑架敲诈案，绑架了一个台湾商人的孩子，然后要求台商拿一百万赎金，否则撕票。后双双被警方抓获。

柯永真在少教所受管教后，其父柯译予曾来探望。但柯永真拒不见父。此事狱方有记录。柯译予在待见室等候期间多次泪流满面。柯永真说，她无所谓，她知道自己犯罪父亲会难过，她就是要他受折磨。她说，她一辈子都不会见他。柯译予后来再没来看过女儿。

柯永真说，其母告诉她，柯译予在银行替她开了个户头，在里面存了很多钱，他希望她出去好好生活，找一个好人家。柯永真对母亲说，她这辈子都不会用他一分钱。她找什么人也用不着柯译予操心。因为她恨透了他。

……

以上是柯永真交谈时的情况综述。因柯永真在交谈时情绪常常失控，多次失声痛哭，其中的事实带有一定的主观性及偏激的成分，但基本情形应当属实。

看到这些材料，丁成来感觉难受。他突然觉得柯译予也是个可怜的人，光鲜的羽毛下隐藏着如此的不堪和破败。丁成来想，即使柯译予如其女描述的那样自私，他毕竟也是个父亲，女儿变成这样他一定心痛自责。同样作为父亲，丁成来非常能理解柯译予的无奈和隐痛。

半天很快就过去了。从档案里虽然没有发现关于撞车事件的任何线索，但丁成来觉得还是有用的，至少这些材料可以部分用来作为柯译予昨晚来家里的行为的依据。假设柯译予是在那天晚上知道他所撞的人已瘫痪，他是有可能因为过度内疚而做出这一举动的。

到了吃中饭的时间，丁成来想回派出所吃，但老同学今天似乎特别高兴，一定要请他在局食堂吃饭。丁成来开始以为是开玩笑，后来确认老同学很认真，竟有点受宠若惊。当然，他很快就意识到受宠若惊是可笑的，态度上就矜持了些。

食堂有小灶，老同学在食堂找了个小包间，点了几个菜，要了两瓶啤酒。丁成来原本以为真的在食堂随便吃点，这么隆重，他倒没想到。

吃饭的过程中，都是老同学在说话。老同学回顾了自己进公安系统近二十年，感慨万千，啤酒喝得嗞嗞响。丁成来看到老同学脸上洋溢的成就感和满足感，想想自己还是一个普通警察，不禁有点小小的失落。

老同学看出来了。老同学说：

"老丁，你啊，就伤在你老婆这事儿上，要是没陈莘然那事，凭你的能干，现在至少是局领导。"

提起这事，丁成来就伤心。丁成来当年打断那男人三根肋骨，不但记过处分，还差点因此调离公安系统。后来留是留下了，但有了这个污点，就永远原地踏步了。这么多年，丁成来也不指望再提拔了。

"你到我这儿来，别留在派出所干了。到我这儿，好好干，多在局领导面前表现表现，还是有希望的。"

老同学说到这儿，脸上露出诡异的笑容，目光里满是喜悦，他忍不住透露了一个信息：他快提处长了。

丁成来听到这个消息，心脏仿佛融化了似的脆弱地跳了几下，涌出满腔的妒意来。但他对自己的嫉妒非常看不起，他对自己说，你还想同人家比？你和人家根本没有可比性！他端起酒杯，有些过分亲昵地略带谄媚地对老同学说：

"我先悄悄祝贺一下老同学。等文件下来，你可得请我客，我再热烈地祝贺你。"

34

天空依旧湛蓝，一点没有留下暴雨的痕迹，好像昨天的暴雨只是一个短暂的幻觉。天气还是那么炎热，不过蓝天似乎使人可以忍受这份炎热，就好像蓝天是一个巨大的出气孔，使人可以透一口气，不至于被憋坏。知了声变得悠长了，多年的警察生涯让丁成来对事物的变化格外敏感，知了声间隙变长意味着炎热的夏季马上就要过去了。

也许是因为刚才看了柯译予的材料，回派出所的路上，丁成来想起自己的妻子陈莘然。家家都有一本难念的经啊。

他和陈莘然青梅竹马。他们两家是世交，都是军人家庭，在部队大院里长大。两个大院之间只隔着几条马路。丁成来小时候经常去陈莘然家的大院玩。也许因为是世交，两家大人经常开玩笑，说丁成来和陈莘然已指腹为婚。时光流逝，丁成来成为一个高大的小伙子，陈莘然出落成了楚楚动人的姑娘。陈莘然的气质有点骄傲，不易接近。丁成来一门心思地喜欢上了陈莘然，还经常去陈莘然家干活儿。陈莘然却对他一点兴趣也没有，很反感丁成来老是到他们家来："你不要老来我们家，好像你是我们家什么人似的。"有一天，陈莘然仿佛想要刺激丁成来，很严肃地对丁成来说，她暗恋上了杂技团那个走钢丝的小伙子。"他样子真帅，我会嫁给他的，你死了心吧。"她说。

丁成来一点也不惊慌，他像一个保卫阵地的战士，想尽各种办法动用各种手段把那些试图追求陈莘然的男孩从她的身边赶跑。这样，整个少女时代，陈莘然身边除了丁成来外，几乎没有出现过一个追求者。

转眼，陈莘然快到三十岁了。有一天她绝望地告诉丁成来，看来她一点也不可爱，是个讨人厌的姑娘，否则怎么会没人追求她呢？那天，丁成来再次向陈莘然求爱，陈莘然还是断然拒绝。想起这十多年来他在陈莘然身上付出了如此多的心血，却依旧不能得到陈莘然的青睐，丁成来绝望了。因为绝望，那天他有点丧失了理智，突然掐住了陈莘然的脖子，差点把她掐死。

到了三十一岁，陈莘然已是个大龄青年，依旧没有男友。她家父母逼着她马上和丁成来结婚。陈莘然终于答应了。陈莘然当时忧伤地对丁成来说："丁成来，我一点也不爱你，你为什么要娶我？"丁成来很自信，说："你慢慢会爱我的。"

婚后，他们的夫妻生活很少。陈莘然在这方面没有热情，每次做爱，她几乎没有冲动，身体很少反应，这让丁成来很难完成，因为每次进入时妻子都感到痛，让他有一种犯罪感。丁成来觉得陈莘然可能是性冷淡，曾提出让妻子去医院看看，被陈莘然臭骂了一顿。不过，虽有遗憾，丁成来还是对这婚姻很满意。

结婚一年后，他们有了儿子。

有一天晚上，丁成来把白天在一家录像厅缴获的几张黄带偷偷带回家放给妻子看。那一次，妻子意外地投入，整个过程陈莘然来了三次高潮，最后一次他们共同抵达。丁成来第一次感到妻子的湿润，在她高潮时，她的下体仿佛想吞噬一切，张得很大很空旷，吸吮着他的器官。他只觉得自己的器官在不断地膨胀，感到无比满足。大约太高兴了，那天他得意地告诉妻子曾阻止过很多小伙子接近她，包括当时妻子正暗恋的杂技团走钢丝的家伙。陈莘然听了非常震惊，脸上是空茫的表情："丁成来，你毁了我。"她当场大哭起来，弄得丁成来手足无措。丁成来试图去安慰她。她哭泣着说："丁成来，我这辈子的幸福都被你毁了。"

妻子的态度让丁成来非常生气，也非常伤心。他悲哀地想，即使他们有了孩子，她心里还是没有他。

几年后，当丁成来听儿子说妻子和一个男人偷情时，怒火让他丧失了理智。他调查后发现，那男人就是当年妻子暗恋的走钢丝的家伙，那个被他威胁而不敢再追求陈莘然的演员，此人如今已分配到妻子所在的进出口公司。他一气之下，打断了那个正赤身裸体和妻子搂在一起的男人的肋骨。

他非常后悔自己当年的冲动。他的冲动不但毁了自己的前途，更毁掉了这个家。从那以后，妻子就搬出去住了。他太知道妻子了，她是个个性坚定而强烈的人，非常要面子。毫无疑问，这事对妻子的打击也很大，从此她自感抬不起头来。丁成来听说，妻子在单位里变得沉默寡言，常常一天都不说一句话。后来，大概想避开熟人，她向公司提出申请，要求去公司的驻外机构。她去日本待过五年，后又去了西班牙，一去就是三年。三年之中，都没回过一次国。

一年前，丁家明遭遇不幸。那段日子丁成来感到很无助，他非常希望得到安慰，他自然想到了妻子。但他忍住了，没把这事告诉妻子。他无法向她说出口，他能想象妻子知道儿子的事后打击会有多大。这几年虽然她表面上装作不关心这个家，但他知道她关心丁家明。她在国外时，经常寄时尚的衣服或年轻人喜欢的电子设备给丁家明，从日本回来那次，还把丁家明叫去，带丁家明去云南旅游了一趟。据说母子俩玩得并不开心，一路都在闹别扭。丁家明回来同丁成来发牢骚，她以为她是谁？整天板着个脸，好像我是一只多余的虫子，不该来到这世界。我就看不惯她那德性。丁成来说，你妈就是这样，表面严肃，心肠蛮好的。儿子当时奇怪地看了看他，不再吭声。

这么多年过去了，他和妻子虽形同路人，但几乎有一个默契，两人都没提出离婚。好像有朝一日，他们全家会团圆在一起。不过，也许妻子不提离婚仅仅是不想让丁家明受到伤害。

他也已经不是当年那个年轻气盛的丁成来了，在内心深处，他早已原谅了妻子。他对妻子的这种感情连他自己都奇怪。在丁成来偶尔的回忆里，他心里面依旧是妻子的好，他总是会想起妻子少女时代的情形。他喜欢她那时的全部，她的微笑、焦虑、忧伤、愤怒以及沉默。那是他一生中最珍贵的记忆。

人一生难免要犯各种各样的错误。他希望妻子有一天能够回来，他们全家可以团圆。

35

　　整个上午丁家明都在睡觉。起床后看到父亲给他准备好的早餐：一根油条和一个大饼，高压锅里还有粥。他这会儿肚子确实饿了，吃了两大碗粥，把油条和大饼都解决掉了。

　　丁家明重新想起昨夜来家的那个人，心里产生了新的疑虑。无论如何那人的神态是有点奇怪的，他那样了像是灵魂出窍了一般。他究竟是谁？他真的是来找父亲的吗？他为什么老是注视着我？是小晖告诉了他关于我的一切吗？或许那人根本不是来找父亲的，他另有目的。可又是什么目的呢？我是不是要去查查这个人呢？

　　不过，他马上打消了这些念头，他对自己说，事到如今去查这些事有何益处呢？如果你再放不下，你就活该领受这痛苦。

　　仿佛有什么力量驱使着他，他决定去外面走走。

　　午后的阳光一如既往的热烈，阳光照在那些灰暗的公寓的墙上，使那些斑驳脱落的墙壁有了意外的美感。一些卖小吃的摊贩还在营业，炉子散发出的热量在很远的地方就能感觉到。摊主们额头冒汗，但生意萧条。有一条狗在街边喘息，口中吐着涎液。丁家明怀疑那狗可能中暑了。

一会儿，丁家明拐入了一条小巷。

小巷总是要安静一些。道路两边的树枝上知了在叫个不停。阳光从树枝上直射下来，透过细碎的树叶，落在柏油路上，那光影像晃动的水银。有一丝轻风在空气中传播，但需要耐心才能捕捉得到。

他看到昨天光顾他家的那两个"小偷"在小巷的那头。

自他坐在轮椅上以来，他几乎同所有熟人断绝了交往。同熟悉的人交往是没劲的，因为他们的目光里总是有令人讨厌的怜悯。是的，他确实很可怜，但他们也好不到哪儿去。在这个残忍的世界里，他们也只是讨得别人的残羹剩饭罢了。丁家明实在也看不起他们。

然而他还是需要和人交往的。这会儿，他渴望和那两个"小偷"成为朋友。他幻想着和他们一起，做一个小偷，在白天或夜晚，趁人不备，入室盗窃。想起来他都觉得是一桩挺刺激的活儿。

他需要刺激一下自己麻木的生活。

36

午饭后，柯译予打算回家好好睡上一觉。昨晚一夜未眠，早上又被王培庆这样一闹，他感到身心俱疲。

吃中饭时，虽然同事们没再提起王培庆这事，但气氛或多或少有些诡异。美娟刻意地制造欢乐气氛，说起刚刚从网上看来的段子:小和尚对师傅说,师父,清早听到一阵爆竹响。师傅说,噢,山下有人结婚。小和尚问,结婚为什么要放爆竹啊? 师傅想了想,说,想必是给自己壮胆儿吧。所有的人都笑了, 只有柯译予没笑。他根本没在听。他深陷在自己的思绪中,神情有点恍惚。听到他们笑得这么欢快,他甚至怀疑他们在借机嘲笑他上午的失态。"或许敏感了。"他对自己说。

美娟本来是说给柯译予听的，见柯译予没有反应，就讪讪地傻笑了一下，竟笑得有点儿沧桑。

正午空气像燃着了一样。整个蓝天像大地燃烧的火苗，色泽与煤气炉燃出的火苗几乎一模一样。热浪随风推来，像是会烤焦脸上的汗毛。蝉声正穿越远处斑驳的树影，传入耳膜。柯译予走在回家的路上，眼前竟晃动着美娟刚才的表情，心里有点儿难过。

他又思考起昨天晚上的事。关于撞人这件事，他依旧没想出解决之道。他觉得自己快要崩溃了。

柯译予心事重重地拐入一条小巷。就在他快要进入西门街时，有人突然从后面扑了过来，一只胳膊勒住了他的脖子，一把刀子抵在了他的腰上。他一时有点懵了。光天化日的，难道路遇抢劫？他惊魂未定时，听到了一个熟悉的声音在耳边响起：

"你跟我走，我要和你谈谈，你别反抗，否则我会杀了你。"

原来是王培庆。原来是王培庆这个疯子。他记起王培庆进入电梯时疯狂的表情，想，他应该料到王培庆会这么做。这个人做出什么事都不奇怪。

"你想干什么？你放开我。"柯译予试图挣扎。

王培庆板起脸，命令道：

"你别动，否则我捅死你。"

他话还没说完，刀子已刺入了柯译予的衣服，直抵腰部的肌肤。柯译予感到一阵尖利的痛感传遍全身。他意识到自己可能流血了。流血让他从刚才的萎靡中振奋起来，心里竟涌出莫名的快感。他想，这大概同他昨晚以来近乎自虐的情感有关。

"这样你明白了吗？你要听话，乖乖跟我走，我只想同你谈谈。"

"老王，你不要这样。如果为了早上的事，我向你道歉。"

"不需要你道歉。你别给我耍滑头，也别想着出什么花招。你别以为我同你闹着玩的，我真会杀了你。"

柯译予决定听从王培庆的话，不再反抗。他几乎是麻木地跟随着王培庆。有那么一刻，在绝望的情绪的支配下，他觉得如果王培庆真的把他杀了也是件不错的事。至少他可以就此得到解脱。

王培庆押着柯译予过了小桥，向那自来水塔走去。四周是小树林，林荫下杂草丛生。蝉鸣喧闹，令人烦躁。蓝天上那明晃晃的太阳这会儿已挂在水塔的西侧，一副超然的模样，好像这炎热的夏季同它没有任何关系。

来到自来水塔边，王培庆要求柯译予攀缘而上。柯译予有恐高症，他抬头看了一眼高塔，从塔下望去，水塔几乎和蓝天一样高，他只觉晕眩。

"老王，我们要到上面去谈吗？"

"是。"

"为什么？"

"哪来那么多为什么。你别废话，快上去。"

只有王培庆这样的疯子才会想到去这种地方。有些人你永远弄不明白他的脑袋里会冒出什么念头。柯译予决定爬上塔去。他把这当成是对自己惩罚的一部分。作为一个罪人他理应受到惩罚。这种自我惩罚的情感在爬塔的过程中洋溢于柯译予身心。

他抬头看着蓝天，蓝天给他巨大的诱惑，好像越接近蓝天，他就越有解脱的可能性。

心里虽然是这样想的，因为恐高症，整个爬塔的过程，柯译予紧张得要命，双腿不由自主地颤抖，有几次都踩空了。他听到王培庆在骂：

"你妈的有点种好不好？只要你听话，我不会杀你。"

王培庆手上的刀子一直抵着柯译予的腰。

终于到了那破损的塔楼。柯译予钻了进去，立定后他才松了口气。水塔太高了，他都不敢往外张望。这时，王培庆手持匕首也钻了进来。刀刃上染上了血迹。柯译予伸手在腰上摸了一把，衣服上湿漉漉的一片，果真在流血。好像流血这桩事令他心满意足，柯译予脸上露出神秘的笑容。

"你笑什么？你觉得很可笑吗？"王培庆问。

柯译予依旧笑着，看上去傻乎乎的。

王培庆恼羞成怒。"你妈的还笑。"他揪住柯译予，往塔外推，把柯译予半个身子推出塔外。王培庆的力气真大，比想象的大得多。柯译予感到自己如一只断了线的风筝，融到了蓝天之中，顿觉天旋地转。王培庆把他拽回来时，他像一摊泥一样坐在地上喘粗气。

"看来你真有恐高症。那你给我老实一点，你只要听我的，我不会杀你。"

恐高症让柯译予没有一丝力气。他感到胃部被什么东西胀满了，好像全身所有的力气都跑到了胃里，双手双脚顿时变得软弱无力，全然不听使唤。

好一会儿，柯译予的思维才恢复正常。王培庆一直在说话，他慢慢弄明白王培庆带他到塔上的目的。王培庆这样做一不为钱，二不为仇，他只要柯译予在微博上承认自己只不过是个投机分子，是个没承担的孬种。

"我平生最恨的就是你这种人，满嘴仁义道德，实际上男盗女娼！我就是要揭穿你这种所谓'义士'的嘴脸。你给我好好听着，一，你必须把咋晚那则声明删掉；二，你再写一份，要如实写明你从来只不过是个骗子,所做的一切只为了沽名钓誉。"

"这个我怎么能写？"柯译予本能地喃喃自语，"这样写了我以后还怎么做人？"

"看米你还不明白。"

说着王培庆狠狠踢了柯译予一脚，几乎把柯译予踢翻。

"你写不写？"

柯译予无力地摇了摇头。

王培庆真的出离愤怒了，他又踢了柯译予几脚。最后一脚王培庆踢到一件异物，硬邦邦的。他的脚被踢痛了。他翻开一堆泥土，发现那儿埋着一个小型炸药，炸药外面有一根既像导火索又像导线的东西。王培庆一下子愣住了，不再踢柯译予。王培庆脸上露出疑惑的表情，好像在说，这里怎么会有炸药？是谁在这里埋了炸药呢？

柯译予也看到炸药了，他一下子清醒了，那种感觉仿佛一个医生在某个心脏快要停止跳动的病人身上打了一支强心针。柯译予想，这个疯子早已把一切布置好了，他真会把我杀死。

一旦确认自己的生命处在危险之中，柯译予开始惊恐了。昨晚以来，柯译予曾不止一次幻想过死亡，但当他真的面临可能的死亡时，发现没法如幻想一样有向死而生的达观。他悲哀地想，自己实际上还是贪生怕死的。他的脑子开始高速转动起来，想着逃生的办法。

"你妈的写不写？"

王培庆再一次揪住了柯译予，要把柯译予推到塔外。

柯译予本能地意识到这是一个机会。他可以趁机写一条报警的微博，这样警方也许会来救他。他认真地对王培庆说，老王，事到如今，我照你的意思写一条声明发到微博上。王培庆说，你在微博上还要公开向我道歉。柯译予使劲地点头答应。由于紧张，柯译予双手颤抖，在手机上输入文字时老是出错。好不容易才写完一条，然后迅速地发送。

"你发完了？"

柯译予点点头。

"照我说的写的吗？"

"是的。"

"你把页面打开，让我看看。"

柯译予一边点头，一边摸出手机。他弄了半天，没调出页面。

他说，手机好像没电了，我上不了微博。王培庆说，你妈的又不老实，我自己来。王培庆就把柯译予的手机抢了过去。王培庆直接打开了柯译予微博首页，只见上面写着：

> @西门派出所　我是柯译予，我被王培庆绑架了，命悬西门自来水塔高处，速来营救。

这条微博在几分钟内已被转发了一千余条。

看到这条微博，王培庆非常愤怒。又上了柯译予的当了。"有些人你永远也不要相信，因为他们天生就是流氓，不，比流氓还不如，流氓还有信义，但像柯译予这样的人永远没有信义可言，只知道到处招摇撞骗，除了投机取巧没有别的本领。"他在心里对自己说，"我真想杀了这个人渣。"

37

去派出所要路过中国银行的后门，那是一条隐蔽的小道，两边的法国梧桐枝繁叶茂，遮天蔽日。丁成来想到妻子有朝一日总会知道丁家明再也站不起来了，心里就无比沉痛。妻子如何能承受得了这个打击？想到这一点，他越发想抓到那个逃逸者。现在终于有了新的方向，如果确定是柯译予，他绝不会放过他。

丁成来发现那两个毛头小伙又在跟踪他。他突然有点儿恼火，打算问讯一下这两人，他们究竟想干什么。

他在转角处躲藏起来，待那两个走近，他从后面跟上去，用手铐迅速把两人扣在了一起。

冯英杰和赵龙没有什么戒备，他们只是跟着丁成来，想跟到派出所，向他报假案，这样可以骗丁成来爬到水塔上去，把他炸死。整个过程他们毫无反抗。等要反抗，手腕已被铐住。这让他们愤怒不已。

丁成来把这两人押送到中国银行的地下室车库。这车库只有银行职工的车辆才可以停放。

中国银行的作息制度非常严苛，上班时很少有人溜号，所以地下车库基本无人进出。丁成来平时抓住一些轻犯，也不把他们送到派出所，而是押到这地下室审问，视情况或放人或再做处理。地下室尽头，有一间堆杂物的仓库，丁成来把两人押往那儿，然后再把他们铐到仓库楼梯的立柱上。两人面无惧色，只是有些懊丧。那留着狮子头长发的小伙子，目光里有敌意，另一个则对丁成来很冷漠。丁成来意识到那个长发小伙子认识他。他在记忆里搜索这个人，可记不清在哪里见过，只觉得此人有些面熟。

"你们想干什么？为什么这几天老跟着我？"

冯英杰和赵龙低着头，不吭声。冯英杰此刻非常沮丧。他没想到所有一切都布置好了，结果被丁成来出其不意地抓住了。丁成来穿着警察的制服，看起来没有一点英武之气，倒像一个中年农民。可就是这个人杀死了自己的父亲。冯英杰这次到永城就是来替父亲报仇的。

冯英杰的父亲原来是爆竹厂的职工，手艺高超，会做各种花炮。冯英杰从小跟着父亲学会了制造炸药。冯英杰十六岁那年，从学校出来投身江湖，被公安抓住过几次，也被父亲毒打过几次。所以，他和父亲的关系一直相当恶劣。后来，西门街那个演戏的寡妇命丧黄泉，大约父亲对她有过企图或确实有染，父亲被定为头号嫌疑人抓了起来，并最终被判了无期徒刑。这事对冯英杰打击很大，他觉得太丢脸了。在江湖上，凡涉及男女关系的凶杀案是最让人瞧不起的。他觉得没法再在永城混下去了，只身跑到了东莞，投奔到一个在少教所认识的朋友那儿，正式开始道上生涯。这十多年来，他没去牢里看过一次父亲。后来，他听说父亲从牢里出来了。父亲出来后有人告诉他，寡妇的案子在他坐牢不久就真相大白，是另一个人干的，那个真正的凶手也早已获法。本来从牢里出来时，父亲已心如死水，至此泛起涟漪，心里全是坐了这么多年牢的冤屈。他不甘心了，在一些人的指点下，他要求政府平反冤案，并实行国家赔偿。但没有一个单位搭理他。从此，父亲开始了漫长的上访之旅。

冯英杰在同伴那儿根本不提自己的身世，甚至同最好的朋友赵龙都不说。他深为这样的父亲羞愧。不但寡妇的事令他羞愧，后来上访的事同样让他羞愧。如果是他，才不上访呢，拿个炸药包去相关单位比什么都管用。几天前，他去网吧玩，无意中看到了父亲惨死在街头的照片。照片是一个自称现场目击者的网友贴的，网友详细叙述了当时的情形，说父亲上访时死于一个警察的枪口之下。后来有人在微博上转发，这事便成了网络热点。看了这帖子，冯英杰才知道父亲半年前已经死了，心里涌出一股无法言说的痛苦。他意识到虽然自己看不起父亲，虽然十多年没去看过父亲，但他身上流着父亲的血，父亲冤死还是会在他身上激起强烈而痛苦的反应。他决意回永城替父亲报仇，杀死那个警察。

有一束光线从窗外投射进来，刚好照在冯英杰的鞋子上。丁成来注意到那长发男孩的鞋子上有污泥。这污泥让他想起昨天中午回家留在家门口鞋毯上的痕迹。鞋印似乎同这鞋子暗合。丁成来倒吸了一口冷气，这两人去过他家，看来他们真的来者不善。

对待这种小混混不能仁慈，这也是他不愿把他们抓到派出所里的原因。派出所里规矩太多，审讯时还得录像，根本施展不了拳脚。要他们开口没有别的办法，只能给淫威。他们这号人就吃这一套，只愿意在淫威下低头，好言好语对他们没用。

丁成来像往常那样，掏出家伙，对着两个男孩的头颅，把一泡滚热的骚尿撒向那两人。

"我操你妈。"

那长发男孩先骂娘了。这很好。他就要激怒他们。只有激怒他们，他们才会说出真实的目的。于是，他撩起脚，狠狠向冯英杰踢去。冯英杰的嘴角流出鲜艳的血。

"我操你妈的。"冯英杰不屈。

"你们为什么跟踪我？"

"我想杀了你！"冯英杰高声嚷道。

丁成来吃了一惊，问：

"为什么要杀我？"

"因为你杀了我爹。因为你是个混蛋！"

有那么一刻，丁成来的脑子一片空白。他马上意识到眼前的这个人是谁了。他的眼前浮现那个上访者冯明泽的面容。那个人死亡时曾浮现出奇怪的笑容。他想，怪不得刚才见到这男孩觉得有点面熟，原来是那人的儿子。他感到奇怪，那人怎么会有这么个儿子呢？从来没听说过啊。

赵龙奇怪地看着眼前这一幕。原来冯英杰的爹被这个警察杀了，怪不得冯英杰要杀了他。赵龙看了丁成来一眼，发现丁成来这会儿整个身子都软瘫了，颓唐地坐在楼梯边。

一个月前，丁成来奉命要把那个去北京上访的冯明泽押送回来，结果此人撩开衣服，露出一身的炸药包，要和丁成来同归于尽。丁成来知道冯明泽原是爆竹厂的，会自制炸药，当机立断，用警棍把他击倒在地，才知冯明泽有心脏病，竟当场猝死。并且事后医疗报告显示，他的死确实完全是意外。另外一个报告是那人身上的炸药都是假的，吓唬人罢了。虽然那人死于心脏病发，但毕竟死了人，并且同丁成来有直接关系，他的内心因此无比痛苦。自从上访者冯明泽猝死后，丁成来的脾气变得越发暴躁。在他的内心深处，他觉得是自己杀死了冯明泽。

"你做得对，要是我，我也会想到报仇。"丁成来显得有气无力，"可是事实并不像网上说的那样，你爹不是我用枪打死的。你见过派出所警察拿枪吗？枪是有，但我们平时不碰那玩意儿，我们都怕弄丢了，那麻烦就大了。也许你不相信，你爹是自己死的，是心脏病发猝死的。"

想起网上那些铺天盖地、不顾事实的对他的谴责（他们怎么能这样血口喷人呢），那种自我怜悯的情绪彻底控制了丁成来，他竟然泪流满面。赵龙看着丁成来，感到不可思议。

"他们不知道，其实我同情上访者，我妈的自己也想上访。家家有本难念的经啊，我儿子被人撞成这样，我都找不到凶手，我妈的不配做一个警察。更让人生气的是，我儿子原来在警察学校读书，毕业应该去公安系统啊，但现在没有单位肯要他，我去找领导，领导也答应了我的，可一年过去了，根本是不闻不问。可怜我儿子，他这辈子就这样被毁了，我心有不甘啊……"

丁成来情绪失控完全出乎冯英杰的意料。也许是因为见过他儿子，冯英杰此刻感受到这个人的痛苦与无力。他想起十六岁那年，他因为在公车上偷钱包被人抓住了，一群人把他打得皮开肉绽，不能走路。父亲知道后，当着所有人的面，一边用棍子揍他，一边撕心裂肺地哭泣。现在想起这一幕，他感到很难过。父亲把他养育成人，但他这一辈子没有孝敬过他。他想，人活着都他妈的不容易啊。

丁成来的手机突然响了起来。丁成来吓了一跳，迅速擦掉眼泪，恢复了正常。他接通手机，是所长打来的，所长告诉他王培庆把柯译予绑架在了西门街北侧自来水塔上，让他速去解决。

丁成来打完电话后，黑着脸把两个男孩手上的手铐解开了。此刻，他的神情已像国家机器一样凛然不可侵犯了。丁成来一句话也没说，匆匆向自来水塔赶去。

38

被解开手铐后，冯英杰和赵龙一动不动在地上躺了片刻。五分钟后，冯英杰听到赵龙冷酷的声音：

"他竟然把小便撒到老子的头上，老子要他吃屎。"

地下室很安静，赵龙的声音显得突兀而滑稽。

冯英杰没有回应赵龙，他的目光里是他惯常的迷茫，好像这会儿他正陷入某种无法排解的矛盾之中。赵龙不知冯英杰在想什么，他问，下一步怎么办？还杀丁成来吗？冯英杰没回答。赵龙接着说，你答话呀。冯英杰白了赵龙一眼，然后站起来，拍了拍屁股上的灰尘，说：

"走吧。"

"去哪里？"

"你说去哪里？洗澡去！"

"你不打算杀丁成来了？不行，你不杀，我一个人去杀。他妈的，竟把尿撒到老子头上，我要割了他的命根子。"

"你别乱来。"

"你怎么啦？不是你想杀他吗？你把我叫来杀他，你现在不想干了？你爹被那家伙杀了，你自己被那家伙尿了，你现在不想杀了吗？你还是个男人吗？"

"他没骗我，我爹有心脏病，我知道。我爹是心脏病死的。"

赵龙还是不甘，他伸出小拇指羞辱冯英杰。冯英杰很生气，说，你再试试？赵龙于是又伸出小拇指。冯英杰目露凶光，突然掐住赵龙的脖颈，骂道：

"你再不闭嘴，老子杀死你。"

赵龙奋力挣扎，双脚踢冯英杰。这不是他们第一次打架。他们几乎每个月都要打一次架，没有什么大矛盾，都是一些小到不能再小的口角之争。但打归打，打完了，两人还是朋友。怎么打都拆不散他们。

后来，他们从地下室出来，来到护城河边。阳光照射到河面上，河面像一面晃动的镜子，反射的光芒一闪一闪的，分外刺眼。一些水草在河水中荡漾，有几条细小的鱼在水面上活泼地嬉戏着。冯英杰奋力把手中那引爆炸药的红色按钮扔到了护城河里。

这会儿赵龙的脸上出现这几天来第一次天真烂漫的傻笑，好像他全然没有过刚才要杀丁成来的念头。他确实是个不记仇的家伙。冯英杰有点烦赵龙笑得这么白痴，狠狠地踢了他一脚。赵龙也不介意，夸张地用手抚着被踢中的左腿，右脚一跳一跳地把自己移到马路边。

"你把我踢出血来了。"

"我踢死你。"

一辆红色的公交车从远处驰了过来。冯英杰想起少年时在永城的时光。那会儿他还不是一个杀手，仅仅是个小偷。那会儿，他经常在公交车上作案。做小偷的时光是快乐的。他和伙伴像鱼一样在人群中出没，阳光从车窗外打入，照射到乘客们茫然的脸上。冯英杰很早就观察到了，人只要到了火车或汽车上都会是这么一种表情，好像就此他们把自己整个生命都托付给了乘坐的交通工具。那时候，他通常用刀片割开他们的包，然后把包里的现金或值钱的东西偷走。得手的一刹那是多么快乐，血液会瞬间传遍全身，好像生命突然被激活了，重新活了一次。这种感觉是能让人着迷的。当然也有失过手的时候，那可就惨了，中国人就是这样，他们对付不了强盗，可决不姑息小偷，他们揍小偷时，丝毫没有怜悯之心，往死里打。这就是他后来宁可做一个杀手也不愿做小偷的原因。如果你是个杀手，即使有人看见你杀了人，那人也会惧怕你；如果你靠近他，他甚至会屁滚尿流，跪下喊你大爷。

他记得那会儿他经常把偷来的钱偷偷塞到那个寡妇家的窗口。那时候，冯英杰已经不喜欢寡妇了，而是喜欢上了寡妇的女儿。只是那姑娘比他年纪大。他很奇怪，他总是喜欢上比自己年岁大的女人。她是西门街最美的姑娘，已经在本地的一所师专上学了。有时候他去学校偷偷地看她，趁人不在时还溜进她的宿舍，把钱塞到她的枕头下面。每次塞钱的时候，他都看到那枕头底下上次放着的钱已不见，他断定那姑娘已用掉了那笔钱。不过直到他离开永城，他都没有和她说起过这件事。他是个害羞的人，在女人面前经常不知说什么。

如今，冯英杰再也不做小偷了，但那把刀片一直藏在他的兜里。那是自杀用的。他想好了，如果哪天失手，他就会把这刀片吞到肚子里去，结束生命。他可不想在牢里度过余生。

"你们在这儿啊。"

南边突然出现一个人。冯英杰迎着太阳光，皱着眉头看那人。是昨天那个残疾人，丁成来的儿子。这会儿，那人的脸上布满了兴奋，好像见到了久未谋面的老友。

"你什么事儿？"

"你们得手了吗，今天？"

丁家明脸上挂着某种心照不宣的诡异表情。

"你什么意思？想跟我们学吗？"

丁家明眼睛亮了一下。

冯英杰突然来了兴趣。他觉得这个残疾人蛮可爱的，他打算教这人一招。他就拿出刀片，教他怎样切割皮包：把刀片夹在食指和中指之间，用手心包裹着，然后在包上走一下。

"神不知鬼不觉。"冯英杰得意地说。

冯英杰把刀片递给丁家明，要丁家明试试。丁家明显得有点笨拙。

"你是残疾人，人们会注意你，但也会逃避你，人对于同自己不同的种类一般既好奇又害怕。你得利用这种心理。这样你便会是个好小偷。"

冯英杰从马路边的侧石上站起来，拍了拍屁股上的灰尘，继续说：

"这刀片就送给你了。听着，刀片的另一个用途是你可以把它吞进肚子里去，把自己弄死。"

说完，冯英杰搭着赵龙的肩向西门街南边走去。出来已经三天了，得回东莞了。他们的老板一定在生气了，老板生起气来就不是个哲人了，而是会把人生吃掉。

丁家明看着他们在西门街的尽头消失，心里竟有些怅然。他再次想象那两个人的世界，那是一个宽广的世界，那里高人出没，兄弟结义，打打杀杀，恩仇快意。绝不像他，关在一个斗室里，坐等未来注定的死亡。

他摊开手，一枚刀片静静地躺在手心。他想象把刀片吞进肚中的感觉。肚子一阵痉挛。

39

王培庆看了一眼手腕上的表,现在是午后一点钟。王培庆十分钟爱这块梅花牌手表,那是他做工会主席那会儿得的奖品。他一生中救过三个人:一次是洪水泛滥期间,他在河里救了一个快淹死的小女孩(这小女孩后来一直认他做干爹,最近几年没再联系);第二次是他在杭州出差时,有一个老太太站在屋顶要跳楼自杀,是他爬上屋顶,从后面抱住了老太太(当时那老太太拼命挣扎,两人差点同时从屋顶滚下);再一次是他从一个着火的楼房里冒死救了一个男孩,他把男孩救出来后,自己昏死了过去,被送进了医院。救男孩的那一次,他成了永城的先进,被到处宣传。在隆重的表彰大会上,他意外地被奖得一块当时人人羡慕的梅花牌手表。他十分珍视这块表。在以后长长的岁月里,这块表修理了无数次,可他依旧戴在手上。

他把炸药包掷在一边,来到水塔边,朝远处的西门街眺望了一下。阳光像一只巨大的透明罩子,覆盖在西门街的每个角落。他看到街头的树荫下站着一些人，他们在朝水塔这边指指点点。他的心揪了一下。他担心人们已知道发生在水塔上的事。

柯译予一直可怜巴巴地看着他，他担心王培庆会最终引爆炸药。王培庆刚才逼着柯译予重新发了一条声明。王培庆要求柯译予在声明里承认自己退出农药厂宿舍案的代理完全是迫于压力而做出的怯懦选择，属于毫无诚信和不道德的自私行为；王培庆还要求柯译予同时承认自己是一个靠花言巧语欺骗公众的小丑，是一个伪君子。柯译予对王培庆言听计从。

为了避免不必要的麻烦，王培庆打算放了柯译予，尽速离开水塔。这时，远处传来警笛声。他再次站在水塔边，看到两辆警车向这边开来。警察终于找上门来了。看来那条报警微博不可避免地引起了警方的注意。他的心跳骤然加剧。这下事情闹大了。绑架之罪不算太轻，弄不好会吃上几年牢饭。吃牢饭可不好受。

他记得第一次被抓，他们没让他去派出所的审讯室，而是把他关在看守所里。整整一天，他和一帮真正的罪犯待在一起。那群罪犯几乎一刻不停地在折磨他。他们给他看一本色情杂志，看他有无反应。如果他的下体勃起，他们就揍他；如果下面不勃起，他们就嘲笑他。有人还用烟蒂烫他的肋骨。他几乎被他们折磨得要昏过去。不过，那次关押反倒更加激发了王培庆参与农药厂案子的热情。他放出来后，频频出招，抗议的方式令人眼花缭乱。

自来水塔下传来丁成来的喊声。听到丁成来的喊声，柯译予长吁一口气，警方终于到了。可当他看到王培庆从地上捡起了炸药包，紧紧抱在了怀里，同时掏出了打火机，又泄了气。只要王培庆点燃导火索，他们就没命了。柯译予定了定神，对王培庆说：

"老王，你千万别干傻事。"

王培庆正盘算着如何应付事态发展，听到柯译予竟然说他"干傻事"，十分反感。这样没有担当的人竟然还说他"干傻事"，他就又踢了柯译予一脚。王培庆向铁梯子望了一眼，发现丁成来正攀缘而上。他想了想，对柯译予说：

"你让他别上来，否则我就引爆炸药包，大家同归于尽。"

柯译予拼命点头，连连说好。他来到水塔边，闭着眼，向着丁成来喊：

"丁警官，你别上来，他有炸药，他疯了，会把我们都炸死。"

丁成来听到了，他根本不相信。自他了解到那个心脏病猝死的人身上缠的是假炸药以来，他对这类威胁不再相信。他继续往上爬。一会儿，他终于爬上了水塔。他真的看到王培庆捧着一捆炸药。凭经验，他觉得那炸药是真的。这会儿，柯译予像一摊泥一样瘫倒在地上。看到柯译予的熊样，丁成来充满了厌恶之情。想到可能是这个人撞伤了丁家明，而自己却冒死救他，他悲哀地感到不值。"不过也好，要真是他干的，就要让他活着，他逃不脱的，我一定将他绳之以法。"丁成来看到此时王培庆脸上挂着亢奋的表情，眼中放射着病态的光芒。丁成来意识到王培庆是玩真的。

王培庆内心其实不如表现得那么坚定，相反，这会儿他的脑子一片空白，他原本并不想把事情搞得这么大。但事情的发展完全超乎他的预料，他因此非常沮丧，身心被一种极端无助的委屈的情感控制。奇怪的是这种情感不但没让他软弱，反而让他冒出更极端的念头。活在这世上真他妈没意思，所有的事都不尽人意。他的内心涌出一种玉石俱焚、鱼死网破的想法。现在这自来水塔有两个人和他在一起。他一个人的性命换两个人也许是值得的。如果他现在投降，那他这辈子一定会在牢里度过，早先在看守所里所受的折磨将一直伴着他下半辈子。也许只有这样才能了断一切，死是他此刻最好的选择。

王培庆紧紧地搂着炸药包，随时准备引爆。令王培庆疑惑的是丁成来上来后并没理他，而是来到柯译予身边。丁成来的目光一直瞪着柯译予，好像柯译予才是绑架者。

"是你干的是吗？"丁成来轻声问柯译予。

柯译予脸上露出惊骇的表情。

"是不是？"

"是。"

柯译予此刻完全崩溃了，目光呆滞，好像末日来临了一样。

就在这时，丁成来趁王培庆愣在那里，猛地扑了过去，把王培庆按倒在地。丁成来回头对柯译予说：

"你快给我下去，但我不会放过你。你要是懂事，下去后就去投案。"

柯译予似乎失去了行动能力，趴在那里一动不动。丁成来吼道：

"你还不赶快给我滚下去？"

柯译予如梦方醒，从水塔的金属梯子上连滚带爬地下去了。

王培庆在丁成来身下挣扎，然后慢慢地软弱下来。一会儿，丁成来听到身下的王培庆在抽泣。丁成来想，他终于不再反抗了，应该是放弃了。丁成来于是放开了王培庆。王培庆已泪流满面。那炸药包掉在了一边。丁成来把炸药包放在自己前面，然后在王培庆身边坐下。他让王培庆不要轻举妄动，他保证不会抓他，只要跟他下去，什么事情也没有。

丁成来这么说时，脑子里还想着柯译予。"他终于承认了，真的就是这个人干的。竟然是这个人毁掉了丁家明。"他不确定柯译予下去后是否还会承认，他是个律师，是个狡猾的家伙。

王培庆平静了些。他不信任丁成来，他不相信这次自己可以逃脱罪责。他的注意力偏执地落在炸药包上面。它在丁成来脚边，给他巨大诱惑。他看了一眼丁成来，这会儿，丁成来似乎在想别的事。王培庆突然掏出打火机，向那炸药包扑去，然后迅速地点燃了炸药上的导火索。

40

　　柯译予仓皇地从自来水塔下来后，并没有跑远。远处的警察让他赶快离开。他没动一下，他正处在迷乱的状态中。他抬头望着自来水塔尖。在明亮的天空下，自来水塔安静得像世前的某个景物、一个人迹罕至之所。

　　然而，这不是世前，这是滚淌着污泥浊水的人间。他听到巨响，那塔尖整个儿掀了起来。紧接着一股热浪滚滚而来。柯译予本能地趴在地上。他想，王培庆终于点燃了炸药。炸飞的砖块和石头落在草地和河流中，他抱着脑袋一动也不敢动。有一些碎片砸在了他身上，把他击得骨头疼痛。他以为自己也会死，但一直意识清醒。他还活着。直到不再有东西落地，他抬头往塔尖看。午后的阳光下，巨大的烟尘正从那儿蹿向天空，像一朵巨大的蘑菇云。他全身瘫软，跪在地上。

　　他发现自己的耳朵被震聋了，什么也听不见。此刻耳朵里回荡着一种像是金属划过玻璃的余响，让他全身起了鸡皮疙瘩。

他用手按住耳朵，用力压耳膜，没有什么作用。在尖利的耳鸣声中，世界安静极了。人群乱作一团，在不停地跑动，跑向那水塔。他觉得自己像在观赏一部默片。他回想刚才那巨大的爆炸声，感到非常不真实，就好像那爆炸声发生在遥远的过去。

他想起了那个雨夜。如果世间有因果，因果就起于那个夜晚。那个夜晚，他可耻地逃逸了。然而他是逃不脱的，丁成来识破了他。

现在，同样的事情又降临到他身上。他再一次"逃"了，像一个贪生怕死的小丑那样逃了。如果丁成来被炸死了，从此以后，他将背负双重的罪孽。

他感到自己快要死了。

他没有神，但此刻他在心里默默祈祷，希望丁成来活着。在这间隙，他怀着绝望的心情，发了一条微博：

这个时代，我们躺在火药库上。

现场已经被封锁。越来越多的警察来到现场。柯译予着急地等着伤亡的消息。他看到有人抬着两具尸体从水塔那边过来。两具尸体已炸得不成人形。他不得不确认，丁成来牺牲了。

柯译予跪在地上，泪流满面。

许久，他看到丁家明推着轮椅从远处过来。也许是一个幻觉，他觉得丁家明像一个倒影，挂在地面上。一会儿，他发现他看到的这个世界全是反的，所有的建筑、植物和人都倒立着。

41

两个"小偷"走后，丁家明往西门街深处走。他发现有人站在街头仰望着那废弃的水塔，并指指点点的，他不知出了什么事。这时候，他听到了一声巨响，接着西门水塔轰然倒下。人群最初有点儿惊慌，一会儿，他们潮水般涌往水塔方向。丁家明也满怀好奇地推着轮椅前去看个究竟。

后来，他听到死了两个人，其中一个叫丁成来，是个警察。最初听到父亲牺牲的消息，感到很不真实。他不太相信这种事会发生在父亲身上。直到他们抬着尸体从他身边经过，他才认出了父亲，虽然父亲几乎血肉模糊，但他对父亲太熟悉了，熟悉到只要看一眼身上任何一个特征（头发、耳朵或手），他便可认出他来。那一刻，他感到无比震撼，情不自禁地大叫一声：

"爸爸！"

然后向那尸体冲去。

"爸爸，你怎么啦？爸爸，你怎么啦？"

尸体没有任何回应。抬尸体的警察停了下来。护在尸体边上的另一个警察认出了丁家明，从后面抱住了他。他说：

"家明，你爸爸得赶快送医院，救护车就在外面，要不你也跟着去。"

仿佛是这句话给了丁家明安慰，好像这句话里包含着无穷的希望，父亲因有了这句话会活过来。

然而，这是不可能的。去医院只不过是一个形式。谁都知道半边脸都炸掉了的人是不可能再活过来的。

父亲躺在医院里的时候，突然来了很多官员。先是所长来看望，后来是所长陪着局长来医院，再后来是局长陪着市委书记及其随员前来慰问。市委书记看完丁成来，就过来安慰丁家明。他称丁成来为烈士，是全体警察的楷模，是全市人民学习的榜样。他告诉丁家明，他应该为有这样的父亲感到骄傲。

丁家明的脑中一片空白。他的思维几乎中断了，市委书记在讲什么他都没听清，纯粹是出于礼貌，他才悲戚地不停点头。

他不清楚接下来怎么办。父亲的事都是组织上在处理，他们甚至也不同他商量一下。

后来，有人送他回了家。当他独自在家里的时候，他整个身心还处在麻木状态。他还是不能相信父亲已经死了。他记得昨天晚上，就在这屋子里，他还和父亲较劲来着，父亲被他气得把烧开水的水壶砸在地板上。这屋子里还都是父亲的气息，好像父亲这会儿正站在他前面。

他打开电视机。本地新闻正在播报自来水塔爆炸案。这新闻后，播报了市委市政府授予丁成来革命烈士称号的决定。他这才再次确认父亲之死，忍不住轻声抽泣起来。

自受伤以来，父亲几乎成了他发泄的唯一对象。丁家明一直是个好孩子。在朋友那儿，他总是彬彬有礼，待人客气周到。但在父亲面前，他的脾气非常臭。这坏脾气自母亲离家后就显露端倪。父亲似乎看出家庭破碎对儿子的影响，因此老觉得亏待了他，总是百般迁就他，这更助长了他的臭脾气。现在父亲死了，当他回忆和父亲之间的点点滴滴，内心悲怆。父亲是一个多么隐忍的男人，不太说话，把一切痛苦都藏在心里，而他还要动不动用自己的伤痛去刺激他。丁家明喃喃自语：

"父亲啊，我这样是因为你是我最亲近的人。"

说出这句话，他几乎是泣不成声了。

深夜，丁家明决定给母亲打个电话。电话拨通后，先听到的是母亲清晰的呼吸声。母亲知道是他打过去的。一年中，他偶尔会给母亲打一两次电话。母亲并没有说话，在等着他先说。也许是这会儿，他太脆弱了，他竟先哭了起来。

"妈，爸死了。"

然后是长长的沉默。

母亲的冷漠刺痛了他。他突然觉得自己对着母亲哭泣是多么可笑，猛地把电话搁下。

一会儿，电话响了起来。他知道是母亲打来的。他没有去接。

42

　　组织决定在丁成来死后第三天为他开追悼会。因为市委市政府做出了表彰丁成来的决定，追悼会规格提升，由公安局具体操办。公安局办公室主任为此专门和丁家明做了一次沟通。

　　"你母亲能赶到吗？"

　　"不用等她。她在国外，不一定赶得回来。"

　　"那好吧，我们会和你母亲沟通的。"

　　"那随便你们，我没意见。"

　　"好的。"

　　葬礼如期地举行了。灵堂设在第一悼念厅，这是火葬场最大的厅了。灵堂的正中放着丁成来的巨幅遗照。丁成来的遗体已做了化妆，基本恢复了原貌，甚至看上去比原貌还要整洁一些。他身穿警服，盖着党旗，躺在鲜花丛中。丁家明站在家属的位置，母亲没有来，但母亲的妹妹来了，站在丁家明的右边。

　　先是市委书记致悼词。市委书记的悼词并无特别之处，这样的悼词丁家明在别的场合也听过，无非是官样文章，极尽辞藻表彰丁成来一心为民的高尚品德。可现在，悼念的对象是父亲，他觉得每一个句子都直指人心。当市委书记说到"丁成来同志冒着生命危险，置自身安危于不顾，只身爬上水塔，救了被罪犯绑架的市民，自己光荣殉职"时，丁家明再也忍不住，眼泪突眶而出。

丁家明看到小晖和林远也在其中。小晖整个追悼会都双眼噙泪。他还在人群中认出了柯译予。柯译予只来过他家一次，他就记住了这个人。不过他还没弄清楚小晖是不是真的和这个男人在一起。今天柯译予戴着一副大大的墨镜，把他半个脸都隐藏了起来。父亲就是为这个人死的。本来死的应该是这个人，这个人是用父亲的生命换来的。丁家明想起那天，在水塔边，柯译予几乎是跪在桥边，双眼布满了绝望的泪光。

市委书记的悼词结束后，按官职大小，众人向丁成来的遗体鞠躬致意。悼念者向遗体告别后，就来到丁家明前面，带着悲戚的神情和丁家明握手，要丁家明节哀顺变。

就在这时，母亲从悼念厅的大门外匆匆赶来，然后，非常镇定地站到丁家明边上。

母亲还是赶来了，这让丁家明心里有些安慰。不管怎样，她千里迢迢从西班牙赶来了。这一路来，她大概都没睡过觉。她穿着一身黑衣，脸色略显憔悴，她比三年前老了许多。不过母亲风度很好。母亲越老风度越好了，也许是待在国外的缘故。

　　母亲看到丁家明坐在轮椅上，显然很吃惊，目光里满是疑问。但她什么也没问，默默站在那儿，等待人们的安慰。市委书记再次过来，和母亲握手，并寒暄了几句。

43

殡仪馆悼念厅一遍一遍地播放着哀乐。每次党和国家领导人死亡，这哀乐就会从电视或广播上传来，它是全国人民最熟悉的曲调之一。人们神情哀戚。

小晖湮灭在人群中，她悲伤地看着丁成来的遗体。她想起丁成来每次见到她，都会露出近乎憨厚的笑容，笑得仁慈而温暖。在丁成来面前，小晖便变成了女儿，有时甚至会情不自禁地撒一下娇。小晖在自己父亲面前倒没有这样的感觉，她的父亲像个长不大的孩子，一把岁数了还天真得不行，她常常觉得父亲像她的弟弟，有时候甚至忍不住会训斥父亲。父亲从不介意。丁成来真正给小晖父亲的感觉。以前每次小晖到丁家，丁成来就会弄一桌子菜。丁成来菜做得很好，小晖一边吃，一边伸大拇指夸他。丁成来就说，你多吃点，你这么瘦，多吃点。可是现在，这个父亲一样的男人不在了。小晖感到非常悲伤。

这几天电视报纸都是丁成来的新闻，还登有他的遗照。小晖不想见着这些东西，可她逃都逃不了。现在这张遗照就放在悼念大厅的墙中央，非常巨大。照片上的丁成来十分严肃，不苟言笑，目光警觉地直视着悼念厅，好像悼念厅里每个人都是罪犯。照片上的人让小晖感到陌生，她甚至觉得那不是同一个人。

在听到丁成来死讯后，小晖给丁家明打过电话。这次他没有拒接。打电话时，她只顾哭，没说一句话。电话那头传来丁家明长长的叹息。

命运究竟是什么？是起于一个偶然事件吗？是在一个偶然事件后，继续着她偶然的生活吗？要是没有那次越南之行，丁家明会被那辆车撞上吗？要是没有被那辆车撞上，她和丁家明现在又是什么状况呢，还会是恋人吗？或者因另一个偶然的原因，他们彼此仇恨，像现在一样形同路人？再追问下去，要是没有丁家明的残疾，她会和柯译予认识吗？她可以断定自己不会如此关注这个人。这个人一定不会出现在她的视野里。她和他就像生活在两个星球之上，将不会有任何交集。

这世间的一切皆由偶然构成。人们通常会在一系列偶然发生后，回过头来梳理出其中的逻辑，梳理出一系列的必然。世事哪里有什么逻辑。一切用逻辑去看每一个具体的个人生活的人都是荒谬而可笑的。

但她知道，她处在那个偶然的起点。那是一个罪孽的起点。要说逻辑，这才是逻辑。灵魂总要编织这样的逻辑。灵魂的逻辑是，你有了罪过，你就无法再释然。她知道她所有的疼痛都来源于此。

小晖认出了柯译予。她就在他前面，当中隔了三排人。她观察着这个人。他的脸色发青，消瘦得厉害。她很想看看他墨镜后面的眼睛，不过她猜得出来，一定是迷乱而痛苦的。他一定也看到了小晖，但他没和她说一句话。

这两天，小晖依旧在关注他的微博。柯译予没有再更新微博，他也没有删掉受王培庆胁迫写下的那条微博。那条微博转发的人相当多，几乎激怒了所有人，很多人谴责柯译予，这些留言和评论中充满了人身攻击和污言秽语。柯译予置之不理。当然依旧有很多人对柯译予充满善意，对他做出的决定表示理解。

柯译予向丁成来鞠躬后，并没有去问候家属，而是独自一人离开了葬礼现场。

葬礼依旧在进行中。让小晖迷惑的是，除了悲伤外，死亡同时带给她温暖而宽容的情怀。面对死亡，一切算得了什么呢？在死亡面前，生命是多么脆弱，唯有相互珍惜，才是出路。她多么希望和丁家明重归于好。

葬礼结束后，小晖从悼念厅出来，看到柯译予在等着她。柯译予摘掉了墨镜，整张脸显得十分苍白，眼睛充血，眼袋都鼓了起来。

"能和你说几句吗？"

小晖点点头。

"你还好吗？"

"就那样吧。"

"你是对的。"

小晖有点吃惊，没想到柯译予会说这个。

"我知道。"

"你不知道。你不会知道我的感受。"

她看了柯译予一眼。这会儿他坦诚地注视着她，目光里布满了阴霾，好像此刻这个男人已被噩梦所缠绕。

"丁成来死之前我向他承认了。"

这回小晖更吃惊了。

"你不相信？是真的，我承认了。为了丁成来，你不应该对我心软。"

"我在考虑这事，我不会心软。"小晖冷冷地说。

她看到柯译予目光里掠过一丝暗影。是恐慌还是绝望？

"那就好。我希望你马上……我罪有应得。"

说完，柯译予就走了。

看着柯译予远去的孤独的背影，小晖一时百感交集。她能体会他此刻的心情。她和他都是罪人，做一个罪人是不幸的，在这一点上，她原谅了这个人。

44

　　丁家明第一次感到这屋子一下子变得空空荡荡的。父亲的遗物还来不及整理，屋子里的陈设和父亲在时并无两样，还是原来的格局。但丁家明感到这屋子顿时变成了一个荒原，既冰冷，又空旷。后来他意识到这荒凉其实来自他的内心，父亲的意外死亡让他从心里感到这世界突然缺了一大块，就好像原本密不透风的屋顶被一阵风刮走了。

　　他是从尸体进入焚化炉那一刻才真正确认父亲死了。那一刻，他意识到从此后世上再无父亲的肉身。父亲进入了永远的虚空之中，这世上只有很少的几个人会偶尔想起他。也许过不了多久，连他们也会想不起父亲的样子。谁知道呢，人世间的事经常不都是这样的吗？人不是很容易遗忘吗？

　　后来，他和母亲跟着公安局的车队来到革命烈士公墓。父亲的骨灰盒由母亲捧着。照例是一套冗长的仪式。早有武警在墓前列队，他们着装整洁，佩着枪支，戴着白色手套，等待着灵车的到来。他们看上去像等待检阅的仪仗队员。当丁家明和母亲从灵车下来，向墓地而去时，所有的武警肃立着行军礼。庄重的气氛感染了丁家明，丁家明的眼眶又一次湿润了。

丁成来的墓碑是一块灰色大理石，上面刻着"丁成来烈士永垂不朽"几个字。字已被涂成黑色。母亲在司仪的陪同下，把父亲的骨灰盒放入墓穴中。丁家明注意到母亲呆呆地看着他们封住墓盖，母亲的身子有点摇晃，丁家明担心母亲会晕倒。有一个司仪搀扶住了母亲。

葬礼结束后的那个傍晚，母亲不顾疲劳做了一桌子菜。桌子上放着三双筷子。丁家明想，母亲这是在祭奠父亲了。但母亲没说一句话。由于劳累了一整天，她的脸一下子苍老了许多，晚饭也没吃一口。丁家明这天奇怪地胃口好。

吃饭的时候，母亲一直在打量着他，一副欲言又止的样子。母亲大概有些问题要问，但不知怎么开口。憋了很久，母亲突然问：

"你真的不能再站起来了吗？"

"是这样。"

"医生说的？"

"对。腰下边的脊椎伤着了。"

"是车祸？"

"是。"

"那肇事的逃走了？一直没找着？"

丁家明觉得这像是在审问一个罪犯，不再回答。

"这是老天对我的报应。"

母亲的声音骤然提高了许多。说完这句话，母亲的脸上笼罩着一种忧愤的、不平的，同时也是悲哀的表情。

丁家明弄不清母亲此刻的心情。他不喜欢母亲这种表情，包括刚才冷漠的审问。他猜想她可能还在恨父亲。也许他们之间的是非恩怨即使是他们的儿子也未必完全了解，但要丁家明在母亲和父亲之间选择，他站在父亲这一边。

他不想再说话。他觉得和母亲再也无什么话可说。他又添了一碗饭。母亲没帮他，但她的目光一直追随着他。那目光十分忧虑，却也是居高临下的。令人反感，居高临下。不过这样也好，省得婆婆妈妈，哭个没完。

这天，母亲早早地回了房间。父亲不在了，她可以睡到父亲睡过的那张大床上了。那原本就是他们共同的床。

一天下来，丁家明确实也累了。他洗漱了一下，躺到床上。没一会儿，他就睡死过去，睡得从来没有过的踏实，连梦的影子也没有。自受伤以来，他的睡眠一直不好，经常噩梦缠绕。有时候梦见自己变成了一只鸟在天上飞；有时候梦见自己变成一只海豚，在某个海洋馆供游人观赏；有一次还梦见自己变成一只黑熊在追逐小晖。他总是梦见自己变成某种动物，有的动物他这辈子都没见过真实的，只是在电视或图片上得以一见。奇怪的是他从来没有梦见过自己站起来走路。他甚至在梦中都不能直立行走，他深感悲哀。

半夜时，他醒了过来，听到屋内有奇怪的声音，潺潺的，像一条小溪在流。他一个激灵，就完全清醒了过来。声音是从客厅传来的，是母亲在哭。这哭声在半夜听来，有一种黑暗的气息，好像一条河流在月光下晃动。

他不知道母亲为何哭泣，为自己这痛苦的婚姻，还是为儿子的不幸？他猜不出来。但母亲这样无始无终的哭泣以及其中浸透的痛苦还是牵动着他的心。无论如何，母亲也过得不容易，就像父亲一样。这世上谁又能是过得容易的？

丁家明这样一想，心里突然有点原谅了母亲这几年对他的不闻不问。究竟她是自己的母亲，他没法真正从心里放下她。她大约也是如此。他从床上爬起来，坐到轮椅上，来到客厅。母亲不在客厅里，她是在房间里哭泣。他轻轻来到门边，想推门进去安慰一下母亲，但还是犹豫了。他能对母亲说什么呢？

45

参加完丁成来葬礼后的那个晚上，过了十点，柯译予给老袁打了个电话，说想和老袁谈谈心。

"你有事吗？都这么晚了。"老袁有点儿奇怪。

"我们哥们有很久没好好聊聊了。"

大约过了二十分钟，老袁到了约定的清源茶馆。柯译予早已到了，木然坐在那里，看上去有点魂不守舍。老袁知道那个警察是为了救柯译予死的，为此柯译予似乎一蹶不振了。这几天柯译予相当怪异，即使在律所和客户谈时，也没什么精神，经常走神。客户对此若是有意见，他就毫不客气地让客户下次再来。不但对客户，对律所的同事他也经常乱发脾气，有几个人都把状告到老袁这儿来了。老袁仔细观察过柯译予，他整个人形容萎靡，好像得了某种疾病。

柯译予拥抱了一下老袁。老袁没料到柯译予用这种西方礼仪，太隆重了，好像他们好久没见面了一样。老袁因此拥抱得有点敷衍。但他感到柯译予的热烈，还感到柯译予似乎对他充满了依赖。

"大半夜的，找我出来干什么？"

老袁一边点茶水，一边问。他要了一杯望海茶，他觉得这茶名头虽不响亮，但比那些名茶好喝太多。

"麻烦倒是没有，不过我厌倦了。"

"你又来了，你怎么回事啊你，我看你这几年活得挺滋润啊，我都要嫉妒你了。"

柯译予茫然地笑了一下。没人会理解此刻他的想法。当然柯译予也根本不指望别人的理解。

"老袁，我不是开玩笑。我们朋友一场，我今夜找你确实有点事。"

"什么事？"老袁也严肃起来。

"老袁，我想离开律所了，完全离开。你不要多心，我不是说我们分家。我是说，我不干这行了。"

老袁吃了一惊：

"你生病了吗？"

"病？要有病的话是这里。"柯译予苦笑着指了指脑袋。

"那你为什么要离开？"

"老袁，我说了我厌倦了，我想找个地方休息几年，也许去他乡，也许去异国。请你理解。我找你来，是有事要请你帮忙，我手头还有六个代理案子，全国各地的都有，这些案子需要善后。

这些我委托你了。如果他们还想让明星律师事务所代理，那请你接手，算是帮我；如果他们不想让律所做，那该退款的退款，该赔偿的赔偿。"

柯译予发现这会儿老袁的脸上竟有喜色。他敏锐地观察到老袁对他离开律所一事由衷高兴。他的心紧缩了一下。这就是人性，令人绝望，但你没办法改变。多年的友情在人的私心面前实在经不起考验。

"你再考虑考虑吧，真的有必要离开吗？"

"这事我考虑得不是一天两天了。这不是儿戏，我已决定，你不用再劝我。我们朋友一场，知根知底，你应该知道我的脾气。"

柯译予握了握老袁捧着茶杯的手。

"不过，还有一件事需要你帮忙。这是我的授权书，是财务上的一些问题。我在律所账户上还有一些钱，这些钱除部分用来赔偿外，多余的让小晖来支配。你不认识她，不过我在授权书上写清楚了她的姓名、单位、手机号等联系方式。希望你根据我授权书所嘱执行。我会非常感谢。"

老袁缓慢地接过了柯译予手中的信封。他弄不明白柯译予究竟想干什么。多年以前，他十分喜欢柯译予简单明快的个性，但如今他越来越不能理解柯译予了，已看不透他了。柯译予的面目已掩盖在重重帷幕之中，他成了一个矛盾重重的人。

"我曾想过清洁的生活，但我一直在污泥中，无法也无力自拔。"

"你何必苛求自己，人人都这样生活啊？"

46

第二天上午，小晖打电话给丁家明，希望和他见一面。丁家明答应了，他说，到时你把林远也叫上吧。小晖本想和丁家明单独见面的，既然丁家明有这个提议，她也不好提出异议。只能这样了。小晖还是很高兴丁家明答应出来，这是丁家明受伤后第一次赴她的约，小晖还怕丁家明会一口回绝呢。他们约定了相聚的地点，在和义路的一家咖啡馆里。

丁家明是最后到的。林远比小晖到得还早。丁家明进来前，他们默默坐着，两人看起来都心事重重。一会儿，丁家明出现在门口，林远迅速站起来帮丁家明推轮椅。丁家明倒是没有拒绝，脸色还算温和。

下午的咖啡馆没有什么客人。偌大的厅堂，只有他们这一桌三个人。和义路是新开发的奢侈品街，咖啡馆跟着装修得相当豪华。每一张桌子都是用乌木制作的，咖啡馆内有一股淡淡的木香。桌边和过道连接的地方用中式格栅隔开，格栅上有蔷薇缠绕着攀缘而上，小晖刚才进来时摸了一下，是真的蔷薇。咖啡桌之间的空间很大，这样便于丁家明的轮椅自由出入。丁家明进来后，一直坐在轮椅上。

小晖尽量使聚会的气氛平和亲切。欢乐是做不到的，丁家明的父亲昨天才办过葬礼，悲哀不会那么快过去。

他们一边喝着咖啡，一边有一句没一句地聊着，聊得没头没脑，言不及义。好长时间没这样聊了，他们之间确实生分了。小晖竟涌出淡淡的悲伤来。她努力笑了一下，谈起了一个计划。这个计划是刚刚才想到的。她希望在秋天的某天，他们三个人找一个好地方去玩。

"像从前一样。"小晖强调。

林远一下子兴奋起来。这天林远似乎有些消沉和无所适从，频频在看丁家明的脸色。小晖觉得林远确实像个没长大的孩子，这样的人怎么会雇人撞人呢？她为自己过去对林远的怀疑感到不可思议。

丁家明对小晖的提议没有太多热情，他显得心不在焉，没有回应小晖。他不小心把搅拌咖啡的小匙掉在地上了，低下头去捡。林远赶紧说：

"我来吧。"

这次丁家明不让林远捡，他突然掐住了林远的手，死死地按在乌木桌子边。林远有点害怕，问：

"家明，你怎么了？你怎么这样？"

丁家明面露讥讽，看了林远一眼，几乎同时，他撩起拳头狠狠地砸在林远的脸上，林远随即被打倒在地。丁家明还没有放过林远，迅捷地从轮椅上跳起来，扑到林远的身上。他捏紧拳头，朝林远的脸上狠砸。其实，丁家明的手里捏着一枚刀片，他本想在林远脸上划出一道口子的，但他下不了手。

小晖被丁家明这一系列的动作弄懵了。她一时不知如何反应。她先是看到林远的嘴角流出血来，接着看到丁家明的手也在流血。她发现丁家明的手心藏着一枚刀片，因为刚才捏紧着拳头，刀片把自己的手掌割破了。手掌上布满了血管，也许刀片割破了其中的一根，丁家明的血流得比林远还厉害。

林远看到丁家明手中的刀片，害怕自己的脸是不是已被刀片划破，林远用手抹了一把自己的脸，看到一手的血，顿时满脸惊骇，哭出声来。

丁家明还在林远身上。他这会儿紧紧地抱着林远在哭。在父亲的葬礼上他忍着没有哭出声来，但这会儿，他再也控制不住，失声痛哭起来。小晖几乎不敢看这个场面。她掩面哭泣，无力地说：

"你们为什么要这样！你们为什么要这样！"

一会儿，丁家明从林远身上爬起来。他看了一眼自己血液喷涌的手掌，然后把血红的刀片扔到地上。他想回到轮椅上。刚才扑向林远时，轮椅被反弹力推向远方，这会儿还在墙角轻轻颤动着。他用尽全力，向轮椅爬去。小晖赶忙把轮椅推了过来，然后帮着丁家明坐到轮椅上。

　　小晖蹲在轮椅边上，泪流满面。她试图安慰丁家明，却说不出一句话来。

47

　　柯译予人生的最后二十四小时是和美娟在床上度过的。昨晚从茶馆回来,他打了个电话给美娟,让她来他的住处。美娟问,有急事吗？我明天白天过来行吗？柯译予坚定地说,你现在过来。美娟犹豫了一下,说,那好吧。

　　柯译予到家没多久,美娟就过来了。

　　一切如柯译予预设的程序进行着。当然,其中会有因个性不同而出现的特殊情形。男女之间的事就这么一点点不同。美娟的开放令柯译予略感吃惊,当他们赤身裸体时,美娟竟然首先亲柯译予的下体。这在柯译予和女人们初次交合的经验里是罕有的。柯译予竟有些怜悯美娟,他想,也许美娟以为男人都喜好这个,其实不然。柯译予让美娟亲了会儿,就去吻美娟,然后迅速而疯狂地进入了美娟。虽然美娟看起来很开放,毕竟是第一次接纳柯译予,或多或少有些紧张,或许还有痛感,但没一会儿她就完全放松了。柯译予在不断地索取,一次又一次。

这令美娟无比惊讶，但美娟把这一切当成柯译予对她的热爱，因此被激发了更热烈的献身欲望。美娟在献身中感到身心满足，而柯译予在这过程中体验着把自己毁灭的愿望。

中间，他们几度休息。美娟已完全没有害羞之态了，她赤裸着身体从床上起来，去冰箱里拿牛奶和面包。柯译予发现美娟的态度里完全有这房子主人的感觉了。他先亲了亲美娟，然后喝了一杯牛奶。

他们做完一次就睡一会儿，醒了再做。第二天刚好是周末，白天也是如此疯狂，两人未下过床。到后来，美娟都有点害怕了。美娟问，你怎么了，怎么这么疯？你这样会把身体弄坏的。柯译予只是笑笑，依旧不顾一切地和美娟纠缠在一起。

小晖把刀子架在他脖子上以来，柯译予已有整整三天未曾合过眼了。到了傍晚，他感到身体极度疲劳，有一股浓重的睡意向他袭来，他来不及思考就沉沉地睡了过去。

这一觉睡得非常沉。醒来已是第二天的凌晨。他是一个激灵从床上坐起来的，天还未明，四周昏暗，犹如一片荒野。他不知身在何处。一会儿，他定过神来。他看了看日历手表，已是 26 号。他很奇怪，自己竟然睡了这么久，睡了整整九个小时。

美娟正熟睡着，从深长的呼吸判断还在很深的睡梦中。这会儿，她全身赤裸着，不过胸口盖着一条毛毯。她的一只手搁在胸口，双腿夹得紧紧的。看来美娟并不像表现的那么开放，她是紧张的，即使在睡梦中也没有安全感，依旧处在抵抗状态。

再也没有睡意了。他索性起来，洗了个澡。洗完澡，他赤身裸体站在镜子面前，打量着自己，打量了许久，好像镜子里完全是一个陌生人。他发现胡须已长得像刺猬的刺，一根根直立着，使他的脸显得更为消瘦。他剃好胡须，吹干了自己的头发，然后从柜子里拿出一件簇新的衬衫，这衬衫他没穿过一次。打开衬衣盒时，不小心被别在衬衣上的针头刺了一下，刺出一些血来。他把衬衫的袖子扣紧，下摆塞到西裤里面，又系上了一根黑色领带。黑色是他最爱的颜色。柯译予以前不喜欢穿正装，但干上律师这行后，在法庭上必须得穿正装，久而久之，这种穿着就和他浑然一体了，再穿别的式样的衣服就有点别扭了。这也许同他自诩为成功人士有关。自我想象是件多么奇怪、固执同时也是自欺欺人的事啊。如今他衣柜里都是正装，以黑色居多，面料考究。

他收拾好一切，没再回房间。他把这屋子的钥匙装进一只信封，然后在信封上写上：美娟收。

他决定按计划出发去东边的山脉深处。

他驾驶着那辆绿色的普拉多，穿行在茫茫夜色中。东边泛白时，他终于来到群山的脚下。四周都是树木，盘山公路在一片绿色中穿行。早晨的空气里有一股甘甜的气味。他已有多年没有闻到过这样的气味了。这气味竟让他想起那像一只鸟一般飞向天堂的女友。那是他第一次面对死亡。女友坠楼的现场，血液像蜘蛛网一样在扩散。死亡的惨烈让他惊心。他不自觉地抬头看了看天空，仿佛女友就在四周，就在这甘甜的清晨的气息里。可是生命究竟湮灭在何处呢？会有灵魂吗？一直以来诱惑着他的湮灭生命的愿望是真实的吗？

天已经大亮了。一会儿，太阳从山那边出来了。有一刻，他觉得自己的灵魂已经脱离了肉体，在天空的某个地方看着他，看着此刻充满妄念的自己。这一直是他观察世界的方法。从永恒的时空中看自己，人只不过是一粒尘埃。是的，人只不过是欲念控制下的自以为是的生物，和地球上任何其他生物没有两样。

思绪缤纷，各种念头纷至沓来。他觉得刚才的想法有些意思，停下车，写了一条微博：

一切皆如尘土。我们从尘中来，最终归于尘土。

柯译予怪异的言语没有引起太多人的注意。整个网络都被动车事件吸引了，大家纷纷在网上表达各种愤怒、讥讽和恶搞。这其中不乏真切的同情者，这世上总是良善的人居多，也有不少道德表演：有人声称"夜不能寐"；有人称声"动车事件以后，写诗是可耻的"；有人更是声称"内心被撕裂，活着如同苦役"……其中几个柯译予认识，和他们喝过酒，看他们平时的作为，他根本不相信这些道德之词，也许这会儿他们正在享受着一种腐朽生活呢。柯译予清楚地知道道德表演有一种自我感动的效果，以为自己一言既出，已成圣人。他自己何尝不是如此呢？

汽车越来越深入群山的内部。公路的右侧就是悬崖，前方是绵延不绝的群山。他惊叹于眼前的壮丽。目光掠过明亮而空旷的山谷，他看到了山谷的对面有一块状似巨型盾牌的绝壁。绝壁的一些皱褶处有几棵松树顽强地生长着，它们看起来似乎比别处的植物更为苍翠，显示出一种不可思议的生命活力。一会儿，柯译予来到了绝壁之上，恐高症让他眩晕。他咬咬牙往下看去，阳光洒满了整个谷地，掩映在植物丛中的河流显出某种深邃的黑暗。

他觉得自己仿佛到过这里。他想起昨晚上的一个梦：一只黑熊一直在追逐着他。他拼命奔跑，它紧追不舍。他逃到一个山谷里，道路在一块顶天立地的绝壁处中断。他只好回身，那黑熊在他前面二十米的地方停住，贪婪地注视着他。让他奇怪的是那东西的目光不是凶悍，而是忧郁的，它张开着嘴巴，露出洁白的牙齿，几丝黏性的唾液从嘴中间流下来。它呼吸浓重，他几乎嗅到了黑熊呼出的略带臭气的刺鼻的骚味。一会儿，黑熊发出低沉的吼声，扑向他……

网上有人似乎意识到柯译予有点儿奇怪，一个网友问他：

你在直播自杀吗？

看到这条，他脸上露出奇怪的笑意。终于有人意识到了这一点。

到了自我了断的时候了，不过，在此之前，他还得干一件事，发一个长微博，算是留给这个荒凉世界的遗言。

48

　　是离开的时候了。但不要告别。不同任何人说再见。悄悄离开这个伤心之地。谁也无法面对。一个罪人无法让人原谅。

　　昨天三人聚会的场景历历在目。当丁家明扑向林远的那一瞬，小晖清楚地意识到丁家明什么都了然于胸，一切都没有逃过他的眼睛。他毕竟是警察的儿子。那一刻，她几乎瘫倒在地，她除了蹲下来哭泣，不知道能干什么，就连劝慰她都觉得是虚假的。她没有资格。

　　是离开的时候了。这是那一刻萌生的念头。那天当他们分手后，她迅速向公司递交了辞呈，辞去了网络公司的职位。她把猫送给了公司的同事。她决定了，她只身去北京。她在北京不认识一个人，她就是要去无人认识她的地方。

　　现在，她在机场。她过了安检。候机大厅宽敞明亮，广播一遍一遍地在播报航班信息，高亢的声音把大厅人群的喧哗嘈杂掩盖了过去。机场的电视荧屏要么播放着各类广告（以药品居多），要么播着各国领导人在地球上奔忙的新闻，关于动车事件的新闻一则也没有，好像世上根本没出现过这么一起不幸事件。巨大的玻璃窗外，停着几架待飞的飞机，天空依旧很蓝。这个夏天，蓝天持续得这么久，真让人难以置信。

小晖在七号门前的椅子上坐下来。周围的人几乎都低头玩着手机。这是微博时代典型的人类特性。小晖苍白的脸上露出惯常的略带嘲讽的傻笑，不过马上被忧郁所取代。

然而她也不能免俗，拿出手机，打开了微博页面。

微博上最热的话题依旧是动车事件。消息更深入了，出现了各种惨况的照片，有各色人物登场，有官员，有民间人物。有人在出事的桥下写了北岛的一首诗：纵使你脚下有一千名挑战者，那就把我算作第一千零一名。质疑声四起。

小晖习惯性地打开了柯译予的微博。如小晖所料，柯译予并没有对动车事件做任何评论，自今天早上始，他一直在不停地自言自语，说些莫名其妙的个人私语。

为什么自己会如此关注柯译予的微博，是因为柯译予部分承担了自己的罪孽吗？她想从中寻求安慰吗，还是想借此来确认自己的罪而审判自己？她不清楚，但她总是会情不自禁地查阅柯译予在微博上说什么，并分析着柯译予独语背后的种种可能。她竟有一种不祥的预感。

有一条最新的微博映入小晖的眼帘：

我的前面是万丈深渊。我们所有人都在深渊中。

仅过了一分钟，柯译予又发上来一条：

前面是生命的尽头吗？是无边的寂静吗？是刹那
的永恒吗？

小晖的心还是被揪了起来。柯译予这是什么意思？他想要
自杀吗，还是他仅仅又是一位网络表演者？

小晖深谙各种网络秘诀。网上发生的事大都有游戏性质。
也许别人信，反正小晖不太相信。网上直播的诸如私奔、约架、
攻讦等行为，小晖断定都是为了吸引眼球而刻意安排的表演。
但愿这是柯译予的一次表演。但直觉告诉她不是，这次柯译予
是玩真的。她竟有些担忧他。

柯译予还在继续发微博，页面上又出现了一条：

汽车在空中飞。周围的一切挤成一个平面，闪亮
如镜子里的事物。那是天堂开启的一条缝吗，还是来
自地狱的烈焰？是道再见的时候了。

四周突然安静下来，候机大厅的喧哗像是被什么吸走了，
小晖觉得自己像是走进了那镜子里面，走进一个荒无人烟的地

带，走进无限之轻的寂静之中。她决定给柯译予打个电话。电话通了，但一直是铃声，柯译予没接。她感到自己要飘起来了，仿佛是为了不让自己飘走，她紧盯着手机屏，等待着柯译予再一次更新微博。

大约过了十分钟，柯译予终于出现在了微博中。这次柯译予用的是长微博：

最后的诗篇

——致小晖

小晖，这一刻我是罪人，
世上仅有的纯洁的水滴，解不了我的渴。
我看到人间的欲望装进了放大镜，
它开出的花朵犹若莲花。

这世界拥挤得空无所有，
我看到他们直立着、躺着、翻滚着。
镜子挨着镜子，天花板滴着水珠，
蛇张开翅膀恍如天使。

小晖，这一刻我是罪人，
我早已厌倦了这世界。

一个罪人的厌倦比绝望更绝望，
甚至你也不是我活着的理由。

但此刻，我依旧渴望你的宽宥，
我没有神，你是我唯一的神。
在走投无路的时刻，
向你诉说是我得救之道吗？

你能听到吗？
我能得救吗？
可是我没有一处是清洁的，
我多么渴望身体里长出玫瑰。

甚至我也不期望得救。
这世上没人可以审判我，你是唯一的一个。
我伪装得多么好！
唯有你深知我的罪孽。

再见了，小晖。
我曾出现过吗？
会有人记得我吗？
会有一块墓碑留给我吗？

会有一句诗刻在墓碑上吗?

再见了，小晖。

你知道告别的方式吗?

一切会如声音般消失，

甚至你也只不过是世间的幻影。

小晖流下了两行清泪。

49

一年后，小晖和在北京认识的女友一起去欧洲玩。

女友是个背包族，工作所赚得的钱都花作了路费。她懂得各种欧洲自助游签证的方法。去欧洲国家签证所用的各种诸如住宿证明、邀请函之类的文件她都可以在网上搞到，然后顺利获得签证。这一次，她俩的主要行程是瑞士。如果有时间，她们也会去布拉格看看。

她们毫无计划地一路漫游，苏黎世是此行的第三站。她们先在苏黎世湖边玩了会儿。时值七月，苏黎世非常凉爽，湖面辽阔，湖心停泊着一些小邮轮，有一种古典油画中常见的画面感。云层极低，仿佛触手可及。从苏黎世湖回来，她们沿卡拉立顿街，转道到班霍夫大街，然后朝中央火车站方向走。

那天是星期天。所有的商店和银行都关门了。街上几乎没有行人。班霍夫大街是世界上银行最多的大街，据说这条街的地下埋藏着全世界独裁者和贪官们的黄金和财宝。偶尔有有轨电车开过，但车上的乘客也少得可怜。临近中午的时候，城里的所有教堂钟声齐鸣，持续不断。但这个城市太安静了，具有强大的吸附声音的能力，令钟声显出一份清凉和寂寞来。

她们进入中央火车站，打算去买两张明天去卢塞恩的车票。中央车站倒是人流涌动，上行下达的人行电梯上站满了人。小晖站在去二楼的电梯上，无聊地玩着手机。这时候，她感到有一个熟悉的身影擦肩而过，她赶紧抬头，看到对面的电梯上一个中国人的面孔，她的心一下子提了起来，喊了一声：

"柯译予，是你吗？"

那人茫然地回过头来，并没有回应。小晖从电梯上逆向往下挤，电梯上人太多，走下去不容易。她一边和人说抱歉，一边看着那人的背影。她在心里说，是的，他就是柯译予。那人目光一直朝着前方，行色匆匆。一会儿，那人下了电梯，迅速穿过空旷的大厅，然后在中央车站门口消失不见。

小晖追了过去，中央车站正对着班霍夫大街。小晖站在车站广场，向四周张望，广场上空空荡荡的，除了零星行人，没有柯译予的影子。

2012 年 8 月 25 日 一稿
2012 年 9 月 30 日 二稿
2012 年 10 月 6 日 三稿
2021 年 2 月 30 日 修订

图书在版编目（CIP）数据

盛夏 / 艾伟著 .— 杭州 : 浙江文艺出版社，2022.10
ISBN 978-7-5339-6869-4

Ⅰ . ①盛⋯　Ⅱ . ①艾⋯　Ⅲ . ①长篇小说－中国－当代
Ⅳ . ① I247.5

中国版本图书馆 CIP 数据核字（2022）第 086523 号

策划统筹	曹元勇
责任编辑	易肖奇
营销编辑	耿德加　胡凤凡
责任印制	吴春娟
装帧设计	@Mlimt_Design
数字编辑	姜梦冉　诸婧琦

盛夏

艾　伟　著

出版发行	浙江文艺出版社
地　　址	杭州市体育场路 347 号
邮　　编	310006
电　　话	0571-85176953（总编办）
	0571-85152727（市场部）
印　　刷	上海盛通时代印刷有限公司
开　　本	889 毫米 × 1240 毫米　1/32
字　　数	145 千字
印　　张	7.875
插　　页	4
版　　次	2022 年 10 月第 1 版
印　　次	2022 年 10 月第 1 次印刷
书　　号	ISBN 978-7-5339-6869-4
定　　价	56.00 元（精装）

一本书打开一个世界

欢迎订购、合作
订购电话：0571-85153371
服务热线：0571-85152727

KEY-可以文化　　浙江文艺出版社　　京东自营店

关注 KEY- 可以文化、浙江文艺出版社公众号，
及浙江文艺出版社京东自营店，随时获取最新图书资讯，
享受最优购书福利以及意想不到的作家惊喜